엄마의 책장

네가 아니었다면, 내가 '나'를 만날 수 있었을까.

엄마의 책장

윤혜린 에세이

밤나무

첫 번째 책장

엄마도 아이였어

차례

두 번째 책장
아내가 되기까지

세 번째 책장

엄마도 울고 싶다

네 번째 책장
엄마의 봄날

엄마의 자리

"왜 여자만 가슴이 있어요? 아이도 여자가 낳는데, 젖은 남자가 줘야 하는 거 아니에요?" 한 아이가 물었다. 초등학교 방과후 수업 시간 중이었다. 예상치 못한 질문에 눈이 번쩍했다. 결혼 전 나에게 모성은 자궁과 가슴처럼 당연한 것이었다. 많은 어머니가 아이를 키우고, 살림을 하고, 부업으로 생활비를 보태며 가족을 지켰고 훗날 '어머님 은혜'라는 칭송을 들었다.

내가 집에서 육아만 해야 하는 현실에 묶이니 상황이 달랐다. 두 아이의 사랑은 과분했다. 아이들은 내가 있으면 웃고 없으면 울었다. 내가 어떤 사회적 위치에 있든, 내 외모가 어떻든 나를 따랐다. 하지만 매일 씻기고, 먹이고, 달래고, 재우는 일상 속에서 나는 자주 일탈을 꿈꿨다. 은혜는 고사하고 그 자리를 지키는 것도 쉽지 않았다. 내가 이토록 매정한 엄마라는 사실에 나는 두 번 울었다.

육아는 행복하다. 아침에 막 일어난 아이의 선한 웃음, 흥겨운 개다리춤은 엄마 아니면 볼 수 없다. 그러나 엄마의 자리는 없었다. 사라진 나의 일상이 너무 당연했다. "남들 다 하는 육아가 나만 왜 이렇게 힘들지?" 남편은 말했다. "세상에 우리보다 어려운 사람이 얼마나 많은데, 너무 힘들어하지 말자." 고개를 끄덕였지만, 나는 괜찮지 않았다.

환대란 타자에게 자리를 주는 행위, 혹은 사회 안에 있는 그의 자리를 인정하는 행위이다. 자리를 준다/인정한다는 것은 그 자리에 딸린 권리들을 준다/인정한다는 뜻이다. 또는 권리들을 주장할 권리를 인정한다는 것이다. 환대받음에 의해 우리는 사회의 구성원이 되고, 권리들에 대한 권리를 갖게 된다.
- 김현경, 《사람, 장소, 환대》

엄마도 안아줄 누군가가 필요하다. 육아에 답이 보이지 않고, 모든 것이 엄마 탓인 양 무너져 내린 날, '괜찮다'며 토닥이는 손길을 기다렸다. 누군가 이곳에 앉아 쉬라며 자리를 내어주길 바랐다. 그럴 때마다 나는 책을 펼쳤다. 육아, 살림에 지쳐 글을 읽을 만큼의 힘은 없다고 생각했는데, 몇 줄 읽다보면 마음이 풀렸다. 그리고 글을 썼다. 당연한 듯 그 자리에 있던 엄마에 대하여, 나의 멈춘 시간에 대하여. 이제 내가 닦아놓은 자리에 누군가 앉았으면 한다. "엄마라는 이름이 버거운 당신, 여기 앉으세요."

엄마의 책장은 네 칸이다. 첫 번째 책장은 어린 시절 이야기이다. 아이를 키우는 것은 어린 '나'를 만나는 일이었다. 단란한 가족 안에 숨어 있던 아픔을 꺼냈다. 아직 울고 있는 나를 안아주었다. 두 번째 책장은 나와 남편의 이야기이다. 많은 명작 동화가 '그 후로 오래오래 행복하게 살았습니다'로 끝난다. '그 후로 오래오래'에 대해 자세히 썼다. 서로 다른 두 개의 우주가 날마다 부딪히고 깨지며 서로를 알아간 시간이었다.

세 번째 책장은 엄마로 사는 이야기이다. 나는 밖에서 제법 예의 바르고 따뜻하다. 하지만 집에서는 소리를 지르고 별 것 아닌 일로 화를 냈다. 아이가 아니었다면 몰랐을 모습이다. 아기가 내 살을 찢고 세상에 나오듯, 육아는 내 삶을 갈라놓았다. 아픔도 컸지만 덕분에 '나'를 만났다. 네 번째 책장은 앞으로 되고 싶은 '나'에 관한 글이다. 읽지 않던 내가 읽는 어른이 되기까지. 책과 함께하는 남은 인생은 어떨까.

출근 시간에 아이와 함께 지하철을 탄 적이 있다. 정장을 입고 분주히 회사로 향하는 사람들 속에서 잠시 길을 잃었다. '나는 매일 하는 것 없이 하루가 가는데, 나만 빼고 다들 바쁘게 사는구나.' 한대 맞은 느낌이었다. 아무리 힘든 일도 퇴근이 있다. 하지만 엄마는 퇴근이 없다. 왜 아이는 엄마가 옆에 있어야만 자는지, 자다가도 몇 번씩 엄마를 찾는지 알 수 없다. 아이가 아프기라도 하면, 아침에 일어나 내가 잠을 잔 건지 안 잔 건지 헷갈렸다.

이제 힘든 육아는 한 단락 끝났다. 두 아이가 아니었다면, 내가 '나'를 찾았을까. 잘 모르겠다. 꺾인 날개를 붙잡고 어디로 가는지 모른 채 여전히 달리고 있을 것이다. 자라지 못한 어린 내가 아직 울고 있을 터이다. 이 책은 '엄마'의 길에서 '나'를 발견한 글이다. 혹시 지금 당신도 길을 잃었다면 나와 함께 갔으면 좋겠다. 여기 참 모자라고 서툰 엄마가 있으니 같이 걸었으면 한다. '지금 당신의 삶도 그리 나쁘지 않아요', '잘하고 있어요' 손 내밀어본다.

나와 당신의 이야기

《엄마의 책장》이 나오고 6년 사이 많은 것이 변했다. 초등학교 입학을 앞두었던 첫째는 초등학교를 졸업했고, 여섯 살이던 둘째는 5학년이 된다. 일이 일찍 끝나서 기분 좋게 귀가한 날이었다. 둘째가 "왜 이렇게 일찍 왔어?"라며 울상을 지었다. 아이가 나를 강아지처럼 반겨주리라 기대한 것은 아니었지만 못마땅해할 줄은 몰랐다. 엄마 없는 자유국가에서 게임을 하려고 했는데 권력자의 귀환이 달갑지 않았던 모양이다. 외출했다가 집으로 돌아갈 시간이 되면 둘째는 엄마 어디냐고 전화를 계속한다. '막내가 엄마 보고 싶구나' 뭉클했다가 얼마 전 그것이 게임 시간 확보를 위한 동선 파악임을 알았다.

첫째는 엄마가 안 보이면 울고 자지러져 화장실까지 쫓아왔는데, 이제는 배고플 때 돈 필요할 때 아니면 엄마를 찾지 않는다. 아이는 덜 우는 대신 덜 웃는다. 초등교육 과정에서 기뻐도 방실거리지 않는 법, 슬퍼도 훌쩍거리지 않는 법을 배우기라도 한 것인지 아이는 몸에 흐르던 웃음과 눈물을 잃어버렸다. 가끔 애락(哀樂)이 자신도 모르게 흘러나올 때가 있는데, 킥킥 소리가 들려서 방문을 열면 유튜브로 세븐틴 오빠들을 보고 있다. 오랜만에 우는 모습을 본 것은 세븐틴 콘서트 예매에 실패했을 때였다. 이유 없이 좋은 것은 엄마뿐이라던 아이는 예전에 나를 바라보던 눈빛으로 조슈아(세븐틴 멤버)를 응시한다.

아이가 친구 관계로 어려워하는데 엄마로서 해줄 것이 없어 눈물만 흘렸다. 밤사이 뒤척이며 생각했다. '내가 그 자리를 채워주어야지. 같이 레모네이드 마시며 수다 떨고, 코인 노래방도 가고, 에버랜드 가서 T익스프레스도 타고, 다이소에서 예쁜 쓰레기들도 사면서…' 꿈결에서 아이와 함께 놀았다. 다음 날 아이 방에 들어가 포근한 품을 내어주며 말했다. "엄마가 너의 친구가 되어줄게. 제일 친한 친구." 아이가 몸을 빼며 답했다. "됐어. 나가. 엄마랑 하고 싶은 거 없어."

쌀을 씻다가 떠올랐다. 엄마랑 하고 싶은 거 없어. 책을 읽다가 생각했다. 엄마랑 하고 싶은 거 없어. 수업을 하다가 기억났다. 엄마랑 하고 싶은 거 없어. 육아의 최전선에서《엄마의 책장》을 썼는데 어느덧 철수할 때다. 그 시절 엄마의 자리를 지키느라 허덕였는데 이제 엄마의 자리를 비우려니 허전하다.

《엄마의 책장》을 다시 세상에 내놓는다. 이 책에는 예뻤던 아이를 예뻐하지 못했던 '나'가 담겨 있다. 온종일 아이 뒤치다꺼리를 하고 난 밤이면 휘청이듯 읽고 썼다. 아이가 어서 자라 훌훌 떠나기를 바랐다. 책가방만큼 작은 아이를 데리고 나가면 어른들이 흐뭇하게 바라보며 말했다. "지금이 제일 좋을 때야." 고개를 끄덕였지만 마음 깊은 곳에서 "지금이 제일 빡칠 때예요"라는 말이 올라왔다. 덴 입술로 뜨거운 국물을 마신 기분이었다. 먹이고 입히고 치우며 부르튼 마음으로 살았다. 배운 적 없는 살림은 서툴렀고, 재화가 되지 않는 육아라는 노동은 나를 서글프게 했다.

글을 쓰는 것은 '나'를 쓰는 것이다. 그림자가 가장 짧은 정오의 시간이 아니라 그림자가 점점 길어지는 저물녘의 시간, 볼품없이 찌그러진 나에 대해서 썼다. 잘 읽히지만 깊이 있는, 눈물과 웃음이 짠맛과 단맛처럼 조화롭게 배어 있는 책을 쓰고 싶었다. 부족하고 서툴지만 그 모습 그대로 위안이 되길 원했다. 하지만 막상 책이 되니 상처받고 모자란 모습이 부끄럽고 책 속의 '나'가 현실의 나보다 더 괜찮아 보여 뒷걸음질을 쳤다. 세상에 나 같은 사람이 있을지, '전혀 공감이 안 되는데?' 손가락질받지는 않을지 두려워 달아나고 싶었다.

나는 지친 나를 품어주기보다 내몰았다. '남들 다 하는 육아를 왜 못 해? 넌 워킹맘도 아니고, 네 남편처럼 가정적인 사람도 드물어. 넌 감사할 줄 모르는 인간이야.' 그때 나를 믿어주었어야 했다. 육아의 한복판에서 미친 듯이 외롭고 고되었던 것은 분명한 진실이었다. 그러나 나는 나의 마음을 들어주지 못했다.

나를 찾는다고 길을 떠났는데 헤매다 도착한 곳은 원점이다. 나는 나를 좋아하는 나르시시스트여서 나를 내어주기가 힘들다. 고상한 척하지만 욕망 가득하며, 친절하게 웃지만 칼끝 같은 말을 내뱉는다. 내가 나에게 닿는 날에 세련되고 다정하며 이타적인 사람을 만날 줄 알았다. 그러나 그것은 반쪽짜리 나. 이제는 욕심 많고 사나우며 이기적인 사람도 나라는 것을 안다. 엄마가 아니었다면, 글을 쓰지 않았다면 내가 '나'를 만날 수 있었을까.

여기 모자라고 미숙한 엄마가 있다. 서른여섯 개의 글 곁에서 당신의 이야기를 발견하길, 이 책과 함께 울고 웃으며 있는 그대로의 당신 마음을 만나길 바란다. 어떤 의심도 없이, 아무 두려움 없이 당신을 안아주길 원한다. 그리하여 연홍빛 모란은 모란으로, 진홍빛 동백은 동백으로 피어나면 좋겠다. 우리는 모두 태초에 한 번도 상처받지 않은 꽃으로 세상에 왔으니.

첫 번째 책장

엄마도 아이였어

1

이야기는 그곳에서 시작된다

나의 기억에 가장 깊숙이 박혀 있는 아버님은 두 개의 얼굴을 하고 있다. 하나는 드러누우셔서 내 배에 두 발을 대시고, 두 팔로 내 어깨를 잡으시고, 나를 공중으로 띄워 주시던, 혹은 내 두 뺨에 양손을 대시고, 나를 잡아끌어 공중에 띄우시고는 서울 보이니? 하고 물어보시는 아버님이고, 또 하나는 축구공을 사달라고 조르다가 안 되어서 어머니 지갑에서 몰래 돈을 꺼내 가지고 나가 그것을 산 뒤에 결국 들켜서 지독하게 매를 얻어맞은 나의 뇌리에 깊이 박힌 무서운 아버님이다. 아버님은 쾌활함·자상함과 엄격함·엄정함을 같이 갖추신 분이었다.

– 김현,《사라짐, 맺힘》

잊히지 않는 한 장면이 있다. 싸움 끝에 아버지가 의자에 앉아 있고, 엄마는 웅크린 채 훌쩍였다. 나와 동생은 어쩔 줄 몰라 울었다. 아버지가 물었다. "아빠랑 엄마랑 따로 살 건데, 너는 누구랑 살래?" 동생이 엄마를 택하고, 나는 어쩔 수 없이 아버지를 택했다. 이혼을 하지는 않았지만, 부모님이 싸울 때마다 엄마와 헤어져야 한다는 생각에 마음이 떨렸다. 내 어린 눈에 부모는 신이었다.

김영하의 소설 〈오직 두 사람〉에 이런 말이 나온다. "다만 아빠와 저는 유독 가까웠어요. 저만 아빠를 따른 게 아니고 아빠도 저만 편애했으니까요." 가족 모두 선뜻 인정하지 않지만, 아버지는 동생보다 나를 더 좋아했다. 처음 서점에 데려가 책을 사준 사람도, 블록으로 동물원을 만들어준 사람도 아버지다. 집에서 도레미 종이 건반을 만들어 연습하자 얼마 지나지 않아 피아노가 생겼다. 작은 거실이 발 딛을 틈 없이 좁아졌지만 나는 매일 뚱땅거렸다. 영영 못 탈 줄 알았던 두 발 자전거를 탄 것도 아버지 덕분이다. 아버지는 "조금만 더 연습하면 탈 수 있어"라며 자전거 뒤에서 뛰고 또 뛰었다. 자전거를 10년 만에 다시 탔을 때 몸이 저절로 움직이는 것을 보고 아버지 생각이 났다.

중고등학교 시절, 아버지라는 우주에 금이 가기 시작했다. 아버지는 이걸 왜 여기에 뒀냐고 할머니에게 화를 냈고, 한 마디 하면 열 마디를 한다고 엄마와 다퉜다. 화장실을 오래 쓰는 동생은 아침마다 아버지에게 혼났다. 사소한 일들이 심각한 문제가 되어 날마다 집을 흔들었다. 나를 대하는 아버지의 다정함과 할머니, 엄마, 동생을 대하는 냉정함 사이에서 진 짐이 무거웠다. 늦은 밤, 쿵쿵쿵 아버지 발소리가 들리면 나는 자는 척을 했다. 내가 할 수 있는 최소한의 도피였을까. 그러면서도 아침마다 아버지의 차를 타고 학교에 갔다. 그 후에도 지하철 역, 도서관까지 아버지의 차를 타고 다니며 용돈을 받고 대화를 나눴다. 가끔 영화도 보러 가고, 미술관도 다니며, 괜찮은 아버지와 딸로 지냈다.

결혼 후, 내 작은 우주가 완전히 뒤집혔다. 내가 하던 말과 생각, 행동에 의문이 생겼다. 나는 그때까지 화가 나면 화를 내고, 생각이 다르면 소리를 질렀다. 하지만 그건 세상이라는 우주가 아니라, 아버지라는 우주였다.

어떤 사람이 / 비수처럼 느껴질 때

날카로운 것으로 / 당신의 마음을 마구 휘젓고 / 가슴 에이게

한다면

당신은 그를 / 사랑하고 있는 것

– 프란츠 카프카,〈비수〉

　미움이라는 긴 터널을 정처 없이 달렸다. 얼마나 시간이 지났을까. 혹독한 아버지의 어린 시절을 몰랐다면 그 안에 영영 갇혔을 것이다. 아버지는 어린 시절 유독 몸이 약해 할아버지에게 차별을 받았다. 할머니는 어린 아버지를 두고 일을 다녔다. 아버지는 늘 할머니가 그리웠을 것이다. 어렸을 때 날마다 할아버지 술상을 차렸던 엄마의 모습이 떠오른다. 아버지에게는 나보다 더 무거운 아버지가 있었다.

2
들키고 싶은 돌멩이

어떤 생이든 한 우주만큼의 무게가 있다.

– 정지아, 《숲의 대화》

　나는 봄이 막 시작되는 2월 말, 부천의 허름한 다세대주택에서 태어났다. 외할아버지는 순하고 덕스럽게 살라고 순덕(淳德)이라는 이름을 지었는데, 아버지가 앞으로 딸의 인생을 생각해 '혜린'으로 지었다. 고(故) 전혜린을 딴 이름이었다. 난초 혜(蕙), 기린 린(麟), 초등학교 때 친구들이 한자 뜻을 알고 내 목이 기린 같다며 놀렸다. 집으로 돌아와 엉엉 울며 난초는 그렇다 쳐도 기린은 너무한 것 아니냐고 따졌다. 아버지는 그 기린은 동물이 아니라 재주가 뛰어난 아이를 말하는 '기린아'라고 가르쳐주었다. 다음 날 학교에 가서 말했지만 아이들은 여전히 나를 '윤기린'이라고 놀렸다.

　두 살 때 여동생이 태어났다. 기억이 나지는 않지만, 최초의 경쟁자였다. 성경 최초의 살인이 카인과 아벨, 형과 동생 사이에서 일어난 것은 우연이 아니다. 동생은 나와 달리 피부는 하얗고 눈은 동그랗고 머리숱이 많았다. 할머니가 내 머리를 세 번이나 밀었지만(할머니는 머리를 밀면 머리숱이 많아진다고 믿었다) 나는 여전히 머리숱이 별로 없다. 늘 예쁘다는 말을 듣는 동생과 함께 다닐 때면 나도 모르게 주눅이 들었다. 어느 날 동생이 나를 깜둥이라고 해서 대성통곡하며 울었다. 놀림 받은 슬픔보다 주목 받는 동생에 대한 부러움이었다.

　동생은 나보다 여러 면에서 나았다. 내 이름 겨우 쓰고 1학년이 된 나와 달리, 동생은 어깨너머로 한글을 다 깨우쳤다. 유치원 때부터 결혼하고 싶다고 한 아이가 있었고, 공부도 잘하고 손재주도 좋아서 어딜 가나 이목을 끌었다. 하지만 동생은 "넌 애가 왜 이렇게 까다롭니?"라며 자주 혼났다. 동생은 더운 날에 긴 바지를 입겠다고 고집을 부리고, 소풍날 김밥이 너무 굵다고 투덜댔다.

나는 입혀주는 대로 먹여주는 대로, 보통 문제 삼지 않는 아이였다. 하지만 동생에게만 못되게 굴어 결혼하기 전까지 하루가 멀다하고 동생과 싸웠다. "누가 내 사과 먹으랬어?", "야, 내 옷 입고 가면 어떡해?", "너나 엄마한테 잘해." 책상 두 개와 이부자리 두 개를 놓으면 꽉 차는 방이 날마다 전쟁터가 되었다. 나는 동생보다 다른 아이들을 더 좋아했다. 동생이 동네 아이들이나 사촌 동생과 싸우면 보통 상대방 편을 들었다. 내 작은 우주는 그렇게 동생의 작은 우주와 날마다 충돌하며 부서졌다.

빛나는 돌 옆에 놓인 까맣고 길쭉한 돌멩이, 나는 들키고 싶어 몸을 근질였다. 늘 빛나는 돌 옆에 놓여 있으니 그 마음이 어땠을까. "나 좀 찾아주세요. 동생 말고 저를 봐주세요." 외치고 또 외쳤다. 언젠가 첫째 아이가 동생을 왜 낳은 거냐고 물었다. 너 혼자면 너무 쓸쓸할까 봐 낳았다고 했더니, 자기는 낳아달라고 한 적 없으니 다시 보내란다. 두 아이는 "우리 서로 싫어하는 사이예요"라고 말하곤 한다. 그럴 때마다 내 작은 우주를 떠올린다. 최초의 경쟁자였던 동생이 소중해지기까지 30년이 걸렸으니, '그래, 너희들, 지금은 마음껏 싸우렴.'

3
할머니에게 가는 두 가지 길

돌아보면 할머니는 늘 자신을 위해 시간을 쓰는 데 익숙한 사람이 아니었다. 그게 당신의 습관이 된 걸까 봐 마음이 아팠다. 종종 집에 들러 지켜보는 할머니의 하루는 잘 들리지 않는 텔레비전을 보고, 가끔 할아버지 집안일을 돕고, 자주 방에 누워 긴 잠을 자는 일로 채워진다.

- 김달님,《나의 두 사람》

할머니가 하늘로 간 지 10년이 지났다. 1932년생 잔나비 띠, 내가 책상에서 배운 역사가 할머니에게는 삶 자체였다. 처녀 공출을 피해 독 안에 숨고, 전쟁으로 피난길에 올랐다. 근대화의 한복판에서 재봉사, 청소부, 가정부로 일했다. 할머니 쉰 넷에 내가 태어났고, 나는 아들 없는 집에서 장손 역할을 했다. 할머니가 "내 편은 혜린이. 믿음직스런 손주"라고 할 때면, 입가에 미소가 번졌다.

내가 어렸을 때 할머니는 수영장 청소, 재봉, 부업 등 일을 했다. "짊어지고 가지도 못하는 돈, 모아서 뭐하나." 할머니의 돈은 자질구레한 세간, 가족들의 옷과 신발, 먹을거리가 되었다. 집 밖에서부터 기름 냄새가 나면, 김치부침개가 있었다. 할머니의 부침개는 달콤한 반죽과 짭짤한 김치가 어우러진 '단짠'의 최고 조합이었다. 할머니는 그렇게 부침개를 부치고, 고구마를 삶으며 누군가를 기다렸다. 고모와 작은아버지의 전화벨 소리, 해질녘 엄마가 계단 올라오는 소리, 늦은 밤 내가 문 여는 소리를 가장 빨리 알아차렸다. 아침에 집을 나설 때면, 할머니는 추우니 긴 옷 입어라, 비 오니 우산 챙겨라, 잊은 물건 없나 다시 봐라 말하며 따라 나섰다. 쫓아오기 벅차 내 뒷모습을 보며 한참을 서 있었을 것이다.

할머니가 늙은 만큼 나는 자라서, 결혼을 하고 아이를 낳았다. 여든의 할머니는 "오늘 며칠이가?" 수없이 묻고, 여름에 내복을 입고 겨울에 양말을 벗었다. 치매였다. 가정을 이루어 잘살고 있는 사촌오빠를 걱정하며 "갸가 결혼은 했나?" 묻고, 남편을 처음 보듯 대했다. "그게 나쁜 년이지." 상상 속에서 생

사람을 잡을 때도 있었다. 친정에 가면 할머니 말상대 하느라 진이 빠져 서둘러 짐을 챙겼다. 기억 속 할머니는 애틋했다. 여대생 살인 사건으로 세상이 떠들썩할 때 매일 버스 정류장에 서 있던 할머니가 눈에 선했다. 하지만 할머니는 "인생이 서럽다"며 욕을 하고, "아이고, 아파"라며 관심을 끌고, "내가 안 먹었다"며 거짓말을 했다.

사실 어렸을 때부터 할머니가 종종 이해되지 않았다. 할머니는 "내가 없으면 안 되지"라며, 모든 살림을 총괄했다. 엄마가 설거지한 그릇을 다시 정리하고, 널어놓은 빨래에 집게를 덧댔다. 청소는 할머니의 주요 일과였는데, 이것이 자주 문제가 됐다. 책상 위에 올려놓은 중요한 메모가 사라지고, 친구에게 받은 선물이 없어졌다. "여기 둔 바구니 어디 있어요?"라는 질문에 몰릴 때면, 할머니는 여지없이 모른다고 했다. 분명 이모가 사준 샌들인데, 1년 뒤에 할머니가 "이거 내가 사준 거지?"라고 할 때도 있었다. 그럴 때는 고개를 끄덕이는 게 빨랐다.

둘째 아이 돌잔치 때 할머니를 만났다. 야윈 할머니를 보면서 죽음을 생각지 못했다. 그 무렵 할머니는 음식을 잘 삼키지 못하고, 화장실에 자주 갔다. 보름쯤 지나 친정에 갔다. 할머니는 삼 일째 못 먹고 기저귀를 하고 누워 있었다. 입술은 마르고, 손은 차가웠다. 할머니 입에 물을 축인 뒤, 손을 잡았다. 순간 깜짝 놀랐다. 가는 손마디와 길쭉한 손톱, 50년 뒤 내 손을 만난 느낌이었다. '아, 내가 할머니에게서 왔구나.' 가느다란 손이 떨렸다. 다음 날 새벽에 연락이 왔다. 2016년 가을, 할머니는 이 땅을 떠났다. 한복을 입고 관 속에 누워 있는 할머니는 편안해 보였다.

할머니는 지금 우리집 뒷산에 있다. 할머니에게 가는 길은 두 가지이다. 조금 가파르지만 빠른 길, 오르기 쉽지만 돌아가는 길. 할머니에게 이르는 내 마음도 두 갈래이다. 애틋한 길과 애처로운 길. 내 옷이 저절로 다려지지 않고, 내 구두가 알아서 깨끗해지지 않는다는 것을 할머니를 떠나보내고 알았다. 그 모든 것이 할머니의 사랑이었다. 하지만 그 사랑이 가끔 버거웠다. 할머니의 거짓, 미움, 시기를 속속들이 마주할 때면 도망치고 싶었다. 이제는 안다. 그리움과 무거움으로 각기 뻗은 길 끝에는 결국 할머니가 있다는 것을. 어떤 길로 가든 할머니는 "밥은 먹었나"라며 나를 안아줄 것이다.

4
끝마다 시립니다

오래오래 딸을 배웅하던 / 어머니 / 구름이 몰려오던 하늘 /
바람에 흔들리던 코스모스
지금도 또렷한 / 기억

– 시바타 도요, 〈어머니1〉 중에서

신부 대기실에서 사진사가 엄마에게 하고 싶은 말을 하라
고 했다. 엄마는 "혜린아…"라는 첫마디부터 울먹였다. 아침
부터 경황이 없던 (무엇보다 신부 화장이 번질까 신경 쓰였던) 나
는 "엄마 눈물 나게 왜 그래"라며 감정을 추슬렀다. 엄마는 이
바지 음식을 사돈댁에 전하고 집으로 돌아가는 차에서도 울
었다. 아버지가 "혜린아, 엄마 운다"라며 전화를 했을 때도

"앞으로 못 보는 것도 아닌데 뭘 그래"라며 대수롭지 않게 넘겼다. 그 후로도 엄마의 눈물은 멈추지 않았다. 가정예배 때 기도를 하다가, 문득 내가 보낸 문자를 보고, 안부를 묻는 통화를 하고 엄마는 울었다.

사실 엄마의 눈물이 낯설었다. '엄마가 이렇게 울 수 있는 사람이었나?' 엄마는 감정 표현을 잘하는 사람이 아니다. 어려서부터 엄마에게서 "우리 딸, 사랑해"라는 말을 들은 것이 손에 꼽히고, 엄마가 활짝 웃거나 눈물 흘리는 모습을 본 적도 몇 번 없었다. 내가 아는 엄마는 모든 일에 무덤덤한 사람이었다. 그리 기쁜 일도 슬픈 일도 없이, 늘 흐르는 강물처럼 모든 것에 초연했다.

어느 날, 결혼 사진을 보았다. 예식 순서대로 정리된 사진을 넘기며 그날을 회상했다. 신랑 신부보다 주변에 있는 하객을 보는 재미가 더 컸다. '이 사람은 여기 앉아 있었구나.', '이 사람 표정 봐.', '이 사람도 결혼식 왔었네.' 그러다 눈길이 멈췄다. 빨간 한복을 입고 올림머리를 하고 식장 밖에서 밝게 웃던 엄마, 엄마가 울고 있었다. 신부 입장 순서, 내가 아버지의 손을 놓고 남편에게로 갈 때 엄마는 입술을 꽉 다물었다. 서운함과 흐뭇함이 섞인 얼굴, 나도 모르게 눈물이 핑 돌았다.

부모님과 포천 명성산에 올랐다. 첫째 돌이 막 지난 가을, 붉게 물든 산과 억새밭이 보고 싶었다. 등산로 입구에 도착해 아이를 아버지 등에 업혔다. 하지만 사람도 많고 할아버지도 낯설었는지 아이는 울음을 터뜨렸다. 아이는 다시 내 몫이 되었다. 아버지가 몇 번 손을 내밀었지만 아이는 고개를 저었다. 엄마가 나를 돕기 위해 엉덩이만 받쳐주어도 "아, 아" 소리를 질렀다. 한 시간 정도 완만한 길은 오를 만했다. 그런데 길을 잘못 들었는지 가파른 바위길이 나타났다. '험한 등산로, 억새 군락지 30분.' 더 이상은 무리였다.

엄마가 말했다. "아빠만 가시라고 하고, 우리 셋은 내려가자." 아이와 둘이 내려가겠다고 고집을 부렸지만 사실 자신이 없었다. 내가 먼저 내려가고 엄마가 뒤따라 왔다. 정상에 대한 욕심을 버리니 그제야 빨갛고 노란 단풍이 보였다. "계곡에 좀 앉았다 갈까?" 사과와 포도를 먹었다. 아이는 밤을 먹으며 신이 났다. 아침에 집을 나서며 엄마에게 "가서 사 먹으면 되지 뭘 그렇게 챙겨." 한소리 했었다. 미안한 마음에 "밖에서 먹으니 맛있네"라며 히죽 웃었다. 계곡에 파라솔처럼 드리운 나무가 운치 있었다. 등룡폭포의 바위는 웅장했고 물줄기는 시원했다.

아이는 오는 길에 잠이 들었다. 걱정할까 봐 아무렇지 않게 걸었는데 점점 다리가 후들거렸다. 엄마가 아무 말 없이 내 손을 잡았다. "엄마, 고마워." 엄마가 웃었다.

5
마음이 마음에게 하는 일

내 말의 역사

언젠가 남편이 말했다. 처가에 가면 "아니"라는 말을 많이 듣는다고, 다들 습관처럼 쓰는데 자신은 생소하다고. 생각해 보니 나는 "그게 아니라…"라는 말을 밥 먹듯이 듣고 자랐다. 어린 시절 학교에서 돌아오면 여느 아이처럼 이런저런 이야기를 엄마에게 쏟아냈다. "오늘 뒷자리 애가 책상 자꾸 앞으로 밀어서 힘들었어." "누가 자꾸 나 놀려. 걔 너무 싫어." 하지만 그럴 때마다 엄마는 "그게 아니라…"로 시작해 다른 아이 편을 들었다.

공감으로 들어줄 때는, 상대를 돕기 위해 문제해결 방안이나 부탁을 들어주는 쪽으로 관심을 돌리기 전에, 상대방이 충분히 자신을 표현할 수 있는 기회를 주는 게 중요하다.

– 마셜 B. 로젠버그《비폭력 대화》

나는 엄마에게 공감받고 싶었다. 엄마는 왜 그랬을까. 문득 결혼 직후 엄마의 모습이 떠올랐다. 매일 술에 취해 주정을 늘어놓는 할아버지, 그런 할아버지를 피해 고모 댁으로 나섰던 할머니, 그런 부모에게서 사랑받지 못한 아버지, 그들 모두 오롯이 엄마의 몫이었다. 엄마의 지친 내면에는 "그랬구나", "속상하지?" 같은 말이 담길 공간이 없었다. 말그릇이 작았던 셈이다.

나 역시 마찬가지다. 나도 모르는 사이 내 말은 엄마를 닮았다. "아니"라는 말은 내 나이만큼 자라서, 누군가의 마음을 괴롭힌다. "이거 할까?"라는 남편의 질문에 "아니"라고 반대부터 하고, 아이들의 의견은 듣기도 전에 "아니"라고 고개를 흔든다. 나는 들을 때보다 말할 때가 더 많았고, 상대의 비방에 쉽게 흔들리는 사람이다. 필요 없는 말은 잘 늘어놓지만 정작 분명하게 말해야 할 상황에서는 물러나곤 했다. 말은 그저 내 생각과 느낌을 전하는 도구일 뿐 그 이상 그 이하도 아니었다. 하지만 김윤나의《말그릇》을 통해 새롭게 알았다. 말이 곧 사람이고, 노력임을.

나의 말그릇 다듬기

말그릇 다듬기 여정에 나섰다. 먼저 내 감정을 돌아보았다. 나는 종종 가슴에 솟구쳐 올라오는 무언가를 느꼈는데(출현), 보통 속상한 감정이었다(자각). 상황을 잘 넘기기도 했지만(보유), 상대가 편한 경우 화를 냈다(표현). 돌이켜보면 나는 기분이 나쁘면 나쁜 대로 표현하는 분위기 속에서 컸다. 누구나 그렇게 자신의 감정과 말을 여과 없이 표출하며 사는 줄 알았다. 그런 환경 속에서 나는 사람 사이의 관계보다 목표를 더 중요하게 여기며, 완벽을 추구하는 사람으로 자랐다. '목표 지향'과 '완벽주의'를 삶의 공식으로 삼아, "아니"라는 말을 습관처럼 내뱉었다. 문득 깨달았다. '그런데 사실 그 말은 속상함의 겉옷이었구나.' 일이 계획대로 되지 않으면 "아니"라며 굳은 표정으로 화를 냈지만, 실은 속상했던 것이다. 속상한 감정이 '화'라는 겉옷을 입고 뒤돌아 울고 있으니 잘 못 알아볼 수밖에.

'목표'와 '완벽'으로 가득차 있던 내 삶에 '육아'라는 휴지기가 왔다. 첫째 두 돌 무렵 둘째가 태어나자, 육아가 고된 일

같았다. 아이와 함께 눈 떠 하루 종일 먹이고, 씻기고, 놀아주고, 밤중 수유까지 하는 삶의 시간표가 무한 반복됐다.

> 묵직한 소리와 함께 깨알 같은 레고 부품들이 침대 밑이며 옷장 아래로 산산이 흩어졌다. 잠시 후 아이는 '으앙'하며 울음을 터뜨렸다. "엄마 미워! 다 엄마 때문이야!" 당혹스러웠다. 하지만 곧이어 감정을 가르쳐줄 좋은 기회라는 생각이 들었던 나는, 분에 못 이겨 울어제끼는 아이를 품에 안으며 이렇게 말했다. "아들, 속상하지… 지금 아들은 속상한 거야."(62쪽)

바나나를 먹기 좋게 잘라주면 껍질을 엄마가 깠다고 울고, 이불을 덮어주면 이불이 구겨졌다고 우는, 모든 것이 엄마 탓인 시기가 있다. 하지만 나는 그때 아이를 안아주지 못했다. '미운 네 살'을 보내며 이유 없이 떼를 쓰는 첫째와 밤낮 내 곁에서 떨어지지 않는 둘째 모두를 헤아리기에 내 그릇이 너무 작았다.

어느 날 거울 속에 기름 낀 머리에 늘어진 옷을 입은 내가 서 있었다. 그 무렵 나도 모르게 '지겹다'라는 말을 하곤 했는데, 무엇엔가 불만에 가득찬 첫째가 읊조리듯 그 말을 따라했다. 둘째도 '대박', '어이없어'와 같은 말을 쓴다. '다섯 살 아이가 뭐 저런 말을 쓰지?' 생각해보니 모두 내가 뿌린 말의 씨앗이다. 돌이켜보면 아이에게 처음 "사랑해"라는 말을 건넬 때 참 어색했다. 내 입술이 너무 차가워 그 말을 담을 수 없었던 탓일까. 처음 배우듯 아기 앞에서 몇 번이고 "사랑해", "고마워", "보고 싶었어"라는 말을 되뇌었다. 그런데 애써 건넨 좋은 말을 제치고, 무심코 내뱉은 말이 아이 마음속에 뿌리내렸다.

다른 말의 세상

나와 달리 남편의 말은 온화하다. 남편 집안의 말이 그렇다. 말을 할 때 상대를 존중하고, 일이 어긋나도 서로 나무라지 않는다. '아, 이렇게 사는 방법도 있구나.' 전혀 다른 세상이었다. 하지만 그렇다고 해서 내 말이 저절로 바뀌지는 않았다. 오히려 굳어진 나의 말이 불쑥 튀어나와 갈등을 일으켰다. 말이 중요하다는 사실도 알고 노력도 하는데, 쉽게 나아지지 않으니 지치기 시작했다. '무엇이 문제일까?' 사실 그때 나에게 필요한 것은 마음 여행이었다. 말은 마음을 따라 자라는데, 마음을 보지 못했으니 늘 제자리였다.

감정은 거대한 소용돌이처럼 휘몰아치다가도 누군가가 그
이름을 불러주면 재빨리 짐을 정리하고 떠난다. (195쪽)

　밤 깊도록 이불 속을 뒤척일 때면, 머릿속을 가득 채운 여러
생각을 만난다. 어지럽게 뒤엉킨 생각의 실타래를 따라가 만
난 것은 누군가의 말이다. "뭐가 달라?"라며 차갑게 내 말을
자르던 말투, "그것도 몰라?"라며 나를 한심하게 보던 눈빛까
지. 그제야 '아, 내가 그 말 때문에 아팠구나. 그래서 이렇게 마
음이 복잡했구나.' 깨닫는다. 상처받은 말은 안아주지 않으면
사라지지 않는다. '속상했지? 힘들었겠다.' 달래주니 머릿속
을 휘젓던 말들이 잠잠해지고, 그제야 잠이 온다.

김윤나, 《말그릇》, 카시오페아, 2018

6
어린 나는 아직 울고 있었다

체벌과 학대는 다를까

훈육을 위해 엉덩이를 때리는 것과 이유 없이 온몸을 구타하는 학대는 다를까. 나는 아동 학대는 반대하지만, 체벌은 양육자 선택의 문제라 생각했다. 아이를 키우다보면 말이 통하지 않는 순간이 있다. 싸우고, 어지르고, 떼쓰는 무법자는 끝내 부모의 인내심을 바닥나게 한다. 아이를 때린 적은 없지만, 때릴 수밖에 없는 부모의 마음은 안다. 하지만《이상한 정상 가족》을 읽으며 내 답이 흔들리기 시작했다.

결혼 후 아버지가 충고했다. "애들 때리지 마라. 나중에 후회한다." 나는 고개를 끄덕였지만 속으로 웃었다. 어린 시절,

안방 장롱 옆에는 굵기와 색깔이 다른 아크릴 막대가 있었다. 막대는 한 달에 서너 번씩 회초리가 되었다. 동생과 싸워서, 정리를 안 해서, 아버지 눈을 똑바로 봐서, 고등학생이 될 때까지 맞았다. 잘못을 저지르면, 아버지가 물었다. "어떤 걸로 몇 대 맞을래?" 강압적인 선택 앞에서 나는 아예 맞지 않아도 된다는 생각은 하지 못했다. 아이의 권리를 논하기에 나는 너무 미숙했고, 아버지의 법칙은 너무 공고했다.

영국 세이브더칠드런이 2001년에 아이들이 맞았던 경험을 어떻게 느끼는지를 정리했다. 아이들은 체벌에 대한 끔찍한 느낌을 40개가 넘는 형용사로 표현했지만 그중 미안하다거나 반성한다는 느낌을 말한 아이는 없었다.(29쪽)

아버지는 재밌고 다정할 때도 많았다. 저녁을 먹고 함께 문제집을 풀고, 개 발바닥 소 발바닥 놀이를 했다. 주말이면 함께 공원에 가고, 아이스크림도 먹었다. 하지만 나는 아버지 발걸음 소리만 들어도 숨고 싶었다. 언제 회초리가 될지 모르는 아크릴 막대를 내 몸은 기억했다.

드라마에서 부모가 잠든 아이를 보며 우는 장면을 종종 본다. 부르튼 다리를 만지며 미안하다고 말하는 이에게서 진한

부(모)성을 느껴야 할까. 아버지에게 맞고 나면 긴 훈화가 이어졌다. 요지는 우리의 잘못과 아버지의 사랑이었다. 다음 날 아버지는 "너희 잘 때 연고 발라준 것 몰랐니?"라고 물으며 미안함에 슬몃 웃었다.

> '사랑의 매'라는 표현은 때리는 사람의 의도에 따라 어떤 폭력은 정당화가 가능하다는 뜻인데, 이는 전적으로 매를 든 사람의 논리다. 맞는 아이들에겐 체벌의 이유가 사랑이든 분노든 다를 게 없다.(35쪽)

동생과 싸웠으니까, 방을 어질렀으니까, 대들 듯 아버지를 쳐다봤으니까, 나는 의심 없이 맞았다. 이 방식은 나를 채찍질하는 도구가 되어 문제가 있을 때마다 살아났다. 내가 나를 실패자로 낙인찍고, 그것밖에 못하냐고 몰아세우고, 냉정하게 고개를 돌렸다.

가해자는 최초의 피해자이다

얼마 전 냉동실을 정리하다 발을 찧었다. 언제 것인지 모르는 떡 한 덩이가 돌처럼 떨어졌다. 문득 내 마음 같았다. 감정은 스스로 희석되거나 사라지지 않는다. 표출하지 못한 분노와 설움은 감정의 냉장고에 저장된다. 그래도 냉장실은 자주 열고 상하면 버릴 수 있으니 괜찮다. 문제는 냉동실에 얼린 감정이다. 수치와 경멸 안에 꽁꽁 숨어 있던 어린 내가 툭 떨어졌다. 왜 맞았을까, 왜 때렸을까, 왜 부당하다 따지지 못했을까. 한참을 울며 찜기에 떡을 찌듯 포슬포슬 나를 안아 주었다.

아버지가 밉고 동생에게 미안했다. 사춘기 무렵, 아버지에게 "동생이 말을 안 들으면 때려야지"라는 말을 듣고 동생에게 손찌검을 했다. 동생이 나 몰래 내 옷을 입고, 내 물건을 쓰고, 대든 것은 잘못이니까. 최초의 피해자는 그렇게 가해자가 되었다. 두세 번 몸싸움 뒤, 할퀸 상처와 수두룩이 빠진 머리카락을 보며 더 이상은 안 된다 생각했다. 결혼 후 애틋한 자매가 되기까지 소란스런 다툼은 계속됐다.

평소 체벌을 할 수도 있다고 생각하는 부모들이 극도의 양육 스트레스를 겪을 때 이 스트레스가 촉매제가 되어 학대로 치닫게 된다.(27쪽)

나는 늘 조마조마했다. 결혼 후, 평온한 일상이 오히려 불편했다. 한 번도 맞지 않고 자란 남편은 내가 아이들에게 소리

지르는 것을 신기한 듯 바라보았다. 남편의 세계에 체벌은 없었다. 나도 모르게 내면화된 폭력이 내 아이에게 미치지 않은 것은 다행이다. 아이를 훈육할 때면 생각 이상으로 화를 내곤 한다. "그만 울어"에서 시작된 문제가 "엄마가 우습니?"까지 이어진다. 남편이 체벌에 동의했다면 내가 어디까지 갔을지 모를 일이다. 부모의 권리는 강력하다. 부모는 자식에게 친권을 행사할 수도 포기할 수도 있는데, 자식이 부모에게 행사하는 권리와 의무는 표현할 말조차 없다. 부모를 고아원에 버릴 수도 없지 않은가.

내가 듣고 싶은 말

아이들도 어른과 마찬가지로 인격을 존중받고 권리를 제도적으로 보호받는다. 가족 내에서도 아이들의 자율성을 인정하며 정서적, 수평적 유대를 유지한다. 서로의 의견에 귀 기울이되 일방적으로 자신의 뜻을 관철시키기 위한 폭력은 없다.(264쪽)

스웨덴은 19세기 후반에 아내에 대한 남편의 폭력을, 20세기 초반에 고용주의 피고용인 폭행을, 1958년에 모든 학교의 체벌을 법으로 금지했다. 남편이 아내를, 사장이 직원을, 교사가 학생을 당연하게 때리던 시절이 있었다. 최근 한 아이가 나에게 물었다. "옛날에는 학교에서 선생님들이 진짜 때렸어요?" 한국도 불과 10년 전까지 학교에서 떠들면 종아리를 맞고, 영어 단어를 틀리면 손바닥을 맞았다. '제도가 사회를 많이 바꿨구나.' 생각했다. 아동 인권은 마지막 보루이다. 스웨덴 정부는 1979년 세계 최초로 체벌금지법을 시행했다. 언젠가 이런 말을 듣고 싶다. "옛날에는 집에서 엄마, 아빠가 정말 때렸어요?"

김희경, 《이상한 정상가족》, 동아시아, 2017

7
그곳에 가면 오래된 내가 있다

서울을 갖지 못한 이방인의 도시

서울은 막무가내로 그들을 밀어내었다. 온갖 책략을 동원해서 그들을 쫓아낸 뒤 안녕히 가십시오라고 음흉한 작별을 고했다. 달리는 트럭의 짐칸에 실려서 그는 부천시의 인사를 받았다. 어서 오십시오. 저 반지르르한 인사말 속에는 또 어떤 속임수가 담겨 있는 것인지, 새삼 불안에 떨며, 아니 추위에 떨며 그는 펼쳐지는 새 풍경을 바라보았다.(34쪽)

나는 부천에서 태어나 자랐다. 서울 입성의 꿈을 이루지 못한 사람들의 도시. 누구는 '이부망천'(이혼하면 부천, 망하면 인천)이라는 말도 했다. 서울에서 전세 얻을 돈으로 부천에서는 집을 살 수 있다. 부천의 오래된 시가지인 부천역에 근접한 동네가 바로 원미동이다. 거기서 김포공항 쪽으로 5 킬로미터 정도 떨어진 곳에 원종동이 있다. 원미동이 멀고도 아름다운 동네라면, 원종동은 먼 꼭대기의 동네이다.《원미동 사람들》과 다른 듯 닮은 이야기, '원종동 사람들' 이야기를 시작한다.

나는 부원주택에서 태어나 20년을 살았다. 투박한 상상력의 건설업자가 '부천, 원종동'의 첫 글자를 따서 지었을 이름이다. 고등학교를 졸업할 무렵, 천만 원이었던 집이 9천만 원이 되었다. 재개발로 집값이 술렁이던 때, 우리는 전세로 옮기면서 원종동을 떠났다. 지긋지긋했다. 날마다 싸우고 다시 화해하기엔 너무 좁은 집이었다. 얼마 전 친정에 가서 "나랑 옛날 살던 집 다녀올 사람?" 물었는데 아무도 나서지 않았다. 계단에서 사진을 찍고 담벼락에서 놀던 추억은, 물건을 던지고 소리를 지르던 과거를 덮지 못했다. 2층인 우리집에서 내려다보면 옆집 1층이 보였다. "여섯 시 내 고향 보면서 고등어조림 먹네." 다닥다닥 붙은 다세대 주택에 살면 굳이 리얼 버라이어티쇼를 볼 필요가 없었다. 부부싸움, 자녀 훈육, 술주정 하는 소리가 곳곳에서 밤마다 들렸다.

사람 많은 도시에 산다는 것

사람들이 많이 모여 있는 장소에 가게 되면 그의 가슴이 심하게 뛰었다. 흰 이빨의 웃음 속에 감추어진 짐승의 울음소리를 듣게 되지나 않을까 겁이 났다. 길을 묻기 위해 옆구리를 치는 행인에게 그 자신이 늑대가 되어 달려드는 모습도 끊임없이 머릿속에 되풀이 떠올랐다.(144쪽)

초등학교에 입학을 하니, 1학년만 700명이 넘었다. 17반까지 있어 오전반 오후반으로 나눠 수업을 했다. 오후에 수업이 있는 날이면, 실컷 놀다가 점심을 먹고 학교에 갔다. 어느 날 책상 서랍에《탈무드》책을 놓고 왔는데 다음 날 보니 없었다. 3학년이 되어 내 책상이 생길 때까지 마음을 졸였다.

운동회는 나에게 전쟁터였다. 뿌연 먼지 속에서 팥 주머니를 던져 박이 깨지면 '점심 맛있게 드세요' 현수막이 나왔다. 안개 같은 흙가루 속에서 엄마를 찾아 자리를 잡고 김밥을 먹었다. 언제나 꼴찌인 달리기를 하고, 응원상을 받기 위해 오후 내내 땡볕에 앉아 있었다. 집에 돌아가 남은 김밥을 먹으며 그제야 마음을 놓았다.

부천은 이사가 잦은 도시다. 초등학교 졸업할 무렵 학급이 반으로 줄었다. 대명초등학교가 생기면서 학생의 3분의 1 가량이 한꺼번에 전학을 갔다. 선생님이 "원종2동 사는 사람 앞으로 나오세요"라고 말했고 앞으로 나간 아이들이 다음 날부터 보이지 않았다. 새 학기가 될 때마다 점심 먹을 친구를 사귀고, 집에 같이 올 친구를 만드는 일은 어려운 숙제였다. 주연이와 강희 생각이 난다. 주연이가 구미로 이사를 가자 엄마에게 "우리도 구미로 가자"고 떼를 썼다. 강희 아버지는 족발집을 했는데, 장사가 잘되지 않아 1년 만에 이사를 갔다. 족발을 먹을 때면 야무지게 뼈를 뜯던 강희 모습이 떠오른다. 1994년 중동 신도시가 완성되면서, 매달 한두 명씩 전학을 갔다. 미리내 마을, 은하마을, 포도마을, 무지개마을이 먼 별나라 동네 같았다. '그래도 난 60년 전통의 오정초등학교를 다녀.' 스스로를 위로했다.

부천에서도 가난한 동네, 원종동

집이거나 상점이거나 간에 모두 같은 얼굴의, 그러나 전혀 오순도순하게 보이지도 않았고 때로 방심한 듯한 느슨함을 내보이며 자리잡고 있었다. 도시는 이제 막 새로 시작하는 모습이었다가도 어느 순간 적잖이 훼손되어버린 노쇠한 모습으

로 겹쳐 보였다.(24쪽)

원종동은 부천에서도 오래된 동네이다. 15평짜리 우리집이 평균이었다. 슈퍼에 딸린 방에 사는 아이도 있었다. 미용실 뒤로 한 사람 겨우 드나들 통로를 지나면 살림집이 있었다. 원종동에서 김포공항 가는 길에 오쇠리라는 마을이 있다. 건물 높이 제한 때문에 제대로 된 집도 학교도 없는 곳이었다. 그곳에 사는 남자 아이는 학교에 매일 오지 못했다. 버스비를 걱정할 만큼 가난했다는 것을 나중에 알았다.

원종동은 새 것과 헌 것이 섞여 있다. 오래된 논과 밭, 판잣집을 지나 5분만 가면 롯데리아와 아디다스 매장이 있는 원종 사거리가 나왔다. 학교 근처 공터에는 방방이(트램펄린)가 있었다. 머리 희끗한 아줌마가 두 평 남짓한 막사에서 달고나, 뽑기, 쥐포를 팔았다. 방방이는 10분에 백 원이었는데, 기다리는 아이가 없으면 더 탈 수 있었다. 나들이 백화점(새로 지은 상가가 '나들이 백화점'이라는 이름으로 문을 열었다)이 생길 때까지 아이들이 바글바글했다. 5학년 때 백화점 옥상에 바이킹, 비행기, 회전목마 같은 놀이 기구가 들어왔다. 한 번에 천 원인 놀이 기구가 부담스러웠지만, 아이들은 삼삼오오 그곳을 찾았다.

15년 만에 부원주택을 다시 찾았다. 재개발이 비켜간 자리에 시간이 멈춰 있었다. 골목은 생각보다 더 좁았다. 갈라진 시멘트, 마구 돋아난 잡풀, 군데군데 보이는 흙은 음습했다. 어린 시절 대낮에도 골목을 지날 때면 누가 나타날까 마음을 졸였다. 적벽돌은 그대로였다. 겉으로 노출된 노란 가스 배관이 집의 나이를 말했다. 도시가스가 들어오기 전에 지어진 집이었다. 겨울이면 엉성하게 지은 창고에 연탄을 들여놓았다. 그 자리에 서서 내가 살던 집을 바라보았다. 창밖으로 밥 먹으라는 걸쭉한 목소리가 들리고, 찌릿한 된장찌개 냄새가 났다. '이곳에서 또 누군가 살아가고 있구나.' 생각했다.

후미진 골목을 빠져나와 공터로 향했다. 녹슨 시소와 철봉, 쓰레기 섞인 모래 놀이터가 궁금했다. 해질 무렵 공터를 지나다 돈을 뺏긴 기억도 났다. 머리를 남자처럼 자른 그 언니는 어떻게 살고 있을까. 공터 자리에 'J팰리스'라는 빌라가 있었다. 왕의 궁전이라고 하기에 주변이 너무 누추했다.

"원미동에서 밀려나면 갈 곳이 없다고는 말하지 않겠어요. 어디든 갈 수는 있어요. 하지만 이런 생활 이하로는 떨어져 내리고 싶지 않아요. 이만큼 살 수 있다는 것을 얼마나 감사하며 지내왔는데요."(259쪽)

고향이 제각각인 사람들은 정들 만하면 떠났고, 낯선 이웃
이 나타났다. 사람들은 회사나 공장에 다녔고, 날품팔이를 하
거나 이런저런 장사를 했다. 부원주택을 떠난 후에도 우리 가
족은 계속 부천에 살았다. 몇 번 이사를 했지만 원종동으로 다
시 돌아가지 않았다. 엄마가 말했다. "거기 좀 더 살았으면 어
땠을까?" 살아가는 일은 언제나 고달프다. 그곳에 가면 오래
된 내가 있다.

양귀자, 《원미동 사람들》, 쓰다, 2012

8
아버지라는 남자

오래된 시집

우연찮게 아버지의 책꽂이에서 윤동주 시집을 발견했다. 1976년에 발행된 정음사판《하늘과 바람과 별과 詩》였다. 시마다 한자가 섞여 있는 900원짜리 시집. 내가 가진 윤동주 시집은 그림까지 있는 양장본이었지만 오래된 책에서 풍기는 운치를 따라가지 못했다. 그리고 나는 책 맨 뒤에서 편지를 발견했다.

아직 이름이 붙어지지 않은 상태에 가장 깊은 진실이 있을 것 같읍니다만 어느새 '우리'라는 사실이 엄연한 현실이 되고 보니 오직 믿음과 노력만이 가깝게 느껴야겠읍니다. 진정 생일을 오래도록 내내 기억하고 싶습니다. 또한 호화스러운 메피스토펠레스의 잔치날 맞이하여 경아 이렇게 축하 드릴 수 있는 운명을 결코 두려워하지 않을럽니다.

'경아'라는 여인의 것으로 추정되는 또박또박한 글씨가 시집 맨 뒷장에 있었다. 그렇다면 중세 서양의 파우스트 전설에 나오는 악마, '메피스토펠레스'는 정녕 나의 아버지란 말인가. 분명 우리 엄마 이름은 '경아'가 아닌데 말이다. 아마 내가 어렸다면 당장 엄마에게 달려가 이 사실을 고하고 적잖은 아픔에 시달렸을 것이다. 어떻게 아버지가 엄마 아닌 다른 여인에게서 이런 편지를 받을 수 있지 고민했을 터이다. 하지만 나는 이 편지를 보고 살며시 웃었다. 지금 일흔이 넘은 아버지에게도 이러한 사랑이 있었으리라. 요즘 말로 '손발이 오그라드는' 편지를 쓴 '경아'라는 여인과 '메피스토펠레스'라 불렸던 아버지의 모습을 생각하니 신선했다. 아버지는 아직도 그 여인을 기억하고 있을까.

백 년 전 살았던 윤동주도, 일흔이 지난 아버지도, 마흔이 지난 나도 사랑 앞에서는 똑같다. 누구에게나 한 번쯤 두리번거리다 놓쳐버린 사랑이 있다. 빛바랜 기억 속에, 그때 그 모습으로 누군가에게 남아 있다는 것은 참 아름다운 일이다. 나 또한 누군가의 기억 속에 아직 소녀로 남아 있겠지. 윤동주 시집을 통해 날아든 아버지의 사랑, 오래 전 아버지의 삶 속에 있었던 '경아'라는 이름을 혼자 간직했다.

윤동주라는 사람

문학 교과서에 실린 많은 시인 중 유독 눈에 띄는 남자가 바로 윤동주다. 대학 시절, 윤동주 사진이 크게 나온 포스터가 학회실에 붙어 있었다. '윤동주 문학상' 관련 포스터였는데, 그 포스터를 서로 갖겠다며 동기들과 장난스런 실랑이를 벌였다. 정병욱의 〈잊지 못할 윤동주〉를 읽고 그의 시뿐 아니라 윤동주라는 사람에 대한 호감이 생겼다. 그렇게 '윤동주'는 내 마음속에 살아남아, 이상형을 묻는 질문에 '조인성이냐, 윤동주냐'를 고민하게 했다.

그저 윤동주가 좋아서 《윤동주 평전》을 읽었다. 책 겉표지에 학사모를 반듯하게 쓴 윤동주의 연희전문학교 졸업사진을 보자, 마치 좋아하는 사람이라도 만난 것처럼 설렜다. 그리고 무려 500쪽이 넘는 두꺼운 책을 단번에 읽었다. 활자로 살아난 윤동주는 따뜻하지만 강직했고, 똑똑하지만 겸손했다. 나와 비슷한 고민을 하는 그의 모습에 웃었고, 그가 정체 모를 주사로 죽었을 때 눈물을 흘렸다.

윤동주의 아버지는 아들이 연전 의과 대학에 입학하기를 원했고 그로 인해 갈등이 있었다. 만약 그때 윤동주가 의대를 선택해 '윤동주 내과'나 '윤동주 이비인후과'를 차렸다면 현세를 누리는 데는 부족함이 없었을 것이다. 더욱이 죽음이라는 상황과 마주하지 않았을 것이다. 하지만 그는 끝내 아버지를 설득했고, 시인이 되었다. 시인이라는 이름은 그에게 '죽음'이라는 '삶의 완성'을 너무도 이른 시기에 가져다주었다. 하지만 윤동주는 그렇게 우리 곁에 영원히 남았다.

'순이'라는 이름에 대하여

여기저기서 단풍잎 같은 슬픈 가을이 뚝뚝 떨어진다. 단풍잎 떨어져 나온 자리마다 봄을 마련해 놓고 나뭇가지 위에 하늘이 펼쳐 있다. 가만이 하늘을 들여다보려면 눈썹에 파란 물감이 든다. 두 손으로 따뜻한 볼을 쓸어 보면 손바닥에도 파란 물감이 묻어난다. 다시 손바닥을 들여다본다. 손금에는 맑은 강물이 흐르고, 맑은 강물이 흐르고, 강물 속에는 사랑처럼 슬픈 얼굴- 아름다운 순이의 얼굴이 어린다. 소년은 황홀이 눈을 감아 본다. 그대로 맑은 강물은 흘러 사랑처럼 슬픈 얼굴 - 아름다운 순이의 얼굴은 어린다.

– 윤동주,〈소년〉

왜 하필 '순이'일까. 윤동주 시에서 '순이'는 '아름다운 순이의 얼굴은 어린다'(〈소년〉), '순아 암사슴처럼 수정눈을 내려감아라'(〈사랑의 전당〉) 등 여러 번 등장한다. 뿐만 아니라 동시대 시인이었던 임화의 시에서도 '네거리의 순이', 서정주의 시에서도 '순이를 사랑하게 된 날부터 길거리에 수많은 순이가 걸어 다닌다' 등 '순이'라는 이름이 자주 쓰였다. '순하다, 거스르지 않다'라는 뜻을 가진 순(順)과 어조사 이(伊)가 합해져 만들어진 이름 '順伊', 왜 이 시대 시인들은 '순이'를 그리워했을까.

여러 대에 걸쳐서 동일한 이름을 쓰기도 하는 이스라엘, 미국 등과는 달리, 한국은 이름을 단순한 상징이 아닌 인격 자체로 인식한다. 시인 윤동주가 사랑했던 '순이'는 어떤 모습이었을까. 윤동주의 연전 후배들은 그가 교회에 함께 다닌 한 여성을 연모했으나 결벽하고 수줍은 성정 때문에 가까이 하지 못했고 전한다. 대신 윤동주는 연모하는 이에게 '순이'라는 이름을 붙였다. 그리고 자신은 소년이 되었다. 파란 물감이 소년의 눈썹과 볼, 손바닥에 맑은 강물로 흐른다. 그리고 그 강물 속에서 사랑처럼 슬픈 얼굴, '아름다운 순이의 얼굴이 어린다.' 소년은 황홀해진다. 그저 '순이'라는 이름만으로 충분하다.

아내에 대하여

내가 함부로 다루어서
고장 나 잠긴 소리만 하는
헌 피아노만 같은 내 아내여
거기에서 어떻게 무슨 재주로
으크크 으크크 같은
그런 웃음소리 같은 것도 빚어내는가?
참 신비하게는
간이 잘 맞는 내 아내여

    – 서정주, 〈내 아내2〉

'순이'와 '소녀'도 결혼을 하면 아내가 된다. 가사와 육아의 현실을 피할 수 없다. 서정주는 아내에게 '고장 나 잠긴 소리만 하는 / 헌 피아노만 같은 내 아내여'라고 말한다. 며느리이자 엄마인 아내, 그 통칭인 아줌마라는 이름은 조금 억척스럽다. 아줌마가 되고 생각했다. '나는 옛날이나 지금이나 별로 다르지 않은데, 왜 이렇게 다른 사람이 된 것 같지?' '소녀'와 '아줌마'는 너무 다른 호칭이다. 서정주는 스물두 살이던 해 방옥숙과 결혼해 60년을 해로했다. 나 또한 한 남자의 '간이 잘 맞는 아내'가 된 것으로 만족해야 할까.

서정주와 윤동주의 삶은 다르다. 서정주는 노신사의 모습으로 우리 곁을 떠났다. 반면 윤동주는 아직까지 젊은 청년 모습 그대로이다. 서정주는 1942년부터 친일 작품을 발표했으며 불교사상을 바탕으로 한 작품이 많다. 그에 반해 윤동주는 1945년 죽음에 이르기까지 일제에 대항하며 기독교 관념의 시를 남겼다. 만약 윤동주가 일제 강점기를 견뎌내어 아직까지 살아 있다면, 두 살 차이 나는 서정주와 윤동주는 친구가 되었을까. 친구가 된 윤동주와 서정주 모습이 어색하다. 윤동주가 삶으로 시를 채웠다면, 서정주는 시로 삶을 채웠다. 왠지 윤동주의 '소녀'는 나이를 먹어도 늘 '소녀'이고, 서정주의 '아내'는 나이 들기 전부터 모든 것을 감내한 '아내'의 모습이다. 그래서 윤동주에게는 어떠한 욕망도 없는 '소년의 사랑'이, 서정주에게는 지극한 삶을 살아내는 '부부의 사랑'이 어울리나 보다.

모두 잊지 못한 사랑 하나쯤 마음에 지고 살아간다. 아버지와 나의 사랑은 다르지만, 윤동주라는 이름에서 만났다. 한 시인에서 시작한 문학 부녀의 교통(交通). 언젠가 두 아이와 윤동주에 대해 이야기할 날을 기다려본다.

송우혜, 《윤동주 평전》, 서정시학, 2016

'나'의 깊이가 '너'의 깊이다

나는 누구인가

남들은 종종 내게 말하기를

불행한 나날을 견디는 내 모습이

어찌나 한결같고 벙글거리고 당당한지

늘 승리하는 사람 같다는데

남들이 말하는 내가 참 나인가

나 스스로 아는 내가 참 나인가

새장에 갇힌 새처럼 불안하고 그립고 병약한 나

목 졸린 숨을 쉬려고 버둥거리는 나

따스한 말과 인정에 목말라 하는 나

방자함과 사소한 모욕에도 치를 떠는 나

나는 누구인가

이것이 나인가, 저것이 나인가

둘 다인가

- 디트리히 본회퍼, 〈나는 누구인가〉 중에서

누군가로 인해 몹시 힘든 날이었다. 내 잘못이라고 몰아붙이는 통에 눈물이 찔끔 났다. 안 좋은 말을 들을 줄 알았지만 생각보다 더 심했다. 미안하지 않은데 미안하다고 했다. 아무 일 없었다는 듯 나를 대하는 그 태도에 몸이 더 떨렸다. 밤늦도록 잠이 오지 않았다. 욕을 하고, 글을 쓰고, 기도를 했다. 내 마음이, 내 것이 아니었다. 어찌할 바 몰라 시간만 흘렀다.

부모님과 영상 통화를 했다. 엄마의 얼굴은 핼쑥했고, 목소리는 맹맹했다. "엄마 감기 걸렸어." 순간 눈물이 핑 돌았다. 엄마에게 내 상황을 말한 것도, 어떤 위로를 들은 것도 아닌데, 왜 그랬을까. '아, 내 편이 있지.' 먹먹했고, '엄마가 아프네.' 속상했다. 아버지가 "언제 올 거니?" 물었다. 문득 너무 보고 싶었다. 두 아이가 달려와서 영상 통화를 이어 갔다. 멀리 떨어져 휴대폰 너머 두 얼굴을 보는데, 내 마음이 알아서 갈 길을 조금씩 찾았다.

나는 중 2를 평온하게 보낸 반면, 20대 중반부터 들끓었다. "엄마는 왜 이렇게 미안하다는 말을 못 해?" 오래된 감정이 되살아났다. 엄마는 나에게 사랑한다 말한 적도, 나를 안아준 적도 없었다. 엄마가 "너 사춘기 왔니? 요즘 왜 이러니?" 묻자, 아니라고 날뛰었다. 짧은 치마를 입고, 밤새도록 놀고, 술을 마셔보며, 할 수 있는 한 방황했다. 내가 믿었던 정(正)의 세계가 무너져, 반(反)과 충돌했다.

엄마는 언제나 내 삶에서 한 걸음 떨어져 있었다. 친구 문제, 시험 같은 사소한 일부터 대학, 취업, 결혼 같은 큰일까지 별로 간섭하지 않았다. 엄마가 나를 사랑하지 않는 것 같아 가끔은 서운했다. 언젠가 첫째 재인이가 물었다. "엄마는 나 안 사랑하지? 은산이만 사랑하지?" 둘째가 더 어리니 첫째보다 챙길 것이 더 많다. "아니야, 엄마는 둘 다 똑같이 사랑해." 아무리 말해도 첫째는 고개를 젓는다. 나도 엄마의 사랑을 깨닫는 데 꽤 오랜 시간이 걸렸다.

다섯 식구 먹고 사는 일은 늘 빠듯했다. 하지만 학교 가는 차 안에서 "아빠, 오천 원만 주세요"라고 말하면, 아버지는 얼마라도 보태어 돈을 주었다. 일거리가 없을 때 아버지는 삶이 얼마나 무거웠을까. 물려받은 것 없이 작은 사업장을 꾸리는 일은 언제나 벅찼을 것이다. 화를 참지 못해 소리를 지르고 뒤돌아서 후회하는 아버지의 보드라운 속살을 나는 안다. 아버지 안에도 여리고 순한 새 한 마리가 있을 것이다. 아버지는 날마다 책을 읽고 기도하며 대물림되는 집안의 습관과 싸웠다. 나는 그 속에서 이만큼 자랐다.

아버지는 사실 참 즐겁고 재미있는 사람이다. 친정에 가면 두 아이가 할아버지에게 폭 빠져 노느라 정신이 없다. 아버지는 사다리 타기 게임을 해도, 달리기를 해도, 심지어 받아쓰기를 해도 두 아이를 깔깔깔 웃게 하는 마법 같은 재주가 있다. 놀아주는 것이 아니라, 아버지 자신도 즐겁게 논다. 두 아이는 엄마 몰래 할아버지와 쫀쫀이, 폴라포를 사먹는 재미로 외갓집에 간다.

하덕규가 '가시나무'에서 노래했듯 "내 속엔 내가 너무도 많아 당신의 쉴 곳 없"다. 내 속에 너무 많은 나를 보며, '아, 당신 속에도 당신이 참 많구나.' 깨달았다. 행복에 겨워 하트를 날리는 나와 분에 겨워 으르렁거리는 나, 모두 나이다. 자상하게 자전거를 밀어주는 아버지와 "이게 뭐야?"라며 소리 지르는 아버지, 모두 아버지이다. 결혼식장에서 눈물 흘린 엄마와 "미안해" 소리를 못 하는 엄마, 모두 엄마이다.

우리는 꽤 단란한 가족이었다. 고3 때 엄마는 내 이마에 손을 얹고 기도를 했다. 그 소리에 얼핏 잠이 깼지만, 꿈결인 듯 누워 있었다. 넉넉하지 않지만 가끔 외식으로 자장면, 돈가스도 먹었다. 한강이나 놀이동산으로 가족 나들이도 갔다. 아버지가 "신나는 발걸음!"이라 외치면 리듬에 맞춰 쿵쿵 뛰었다.

분명 멀리서 보면 희극이었다. 하지만 나는 어린 시절을 떠올리면 자욱한 안개가 낀 것처럼 모호하고 슬펐다. 두 아이를 키우며 알았다. 인간이 인간을 사랑하는 참 고마운 형벌, 나만의 것인 줄 알았던 고통이 사실은 보통이었다. 누구에게나 크고 작은 아픔이 있고, 알게 모르게 묻으며 살아간다. 먼저 말하지 않기에 쉽게 알 수 없지만, 인간은 공평하게 허기지다. 가까이에서 보면 저마다 비극이 숨어 있다.

　몇 년 전, 대학원 동기가 하늘로 갔다. 어둠이 짙게 내린 겨울 밤, 그녀의 부음은 충격이었다. 변호사의 아내이자 두 딸의 엄마, 너무 예쁜 그녀가 간암 투병중인 것도 몰랐다. 광주에 있는 추모공원에 가서도 실감이 나지 않았다. 너무나 가까운 죽음을 보며, '이렇게 갑자기 누군가 떠날 수도 있구나.' 몸이 떨렸다. 아버지도 엄마도 그렇게 언젠가 나를 떠나겠지. 죽음 앞에서 인간은 유한하다. 누군가 말했다. "아이들 동영상 찍는 것처럼 부모님 동영상도 많이 찍어 놔. 나중에 그 목소리가 얼마나 그리운지 몰라." 생각해보니 부모님 동영상을 찍은 적이 없다. 보통 아이 동영상을 찍을 때 배경으로 나오거나, 멀리서 목소리만 들렸다. 눈물이 핑 돌았다. 내가 언젠가 너무나 그리워하게 될 목소리, 지금도 그리운 목소리.

두 번째 책장

아내가 되기까지

1
어쩌다 순애보

사람은 누구나 여러 명의 첫사랑을 가지고 있다. 태어나서 처음 좋아해본 것도 첫사랑이요, 좋아했으되 실제로 사귀어본 것도 첫사랑이요, 초등학교 때 사귄 것은 너무 어렸을 때니까 중학교 때부터 사귄 것이 첫사랑이요, 심지어는 성인이 되어 사귄 첫 상대를 진정한 첫사랑이라고 여기는 사람도 있다.

– 이석원,《보통의 존재》

나의 연애는 세 명의 남자로 정리된다. 밀고 당기다가 그 사이 어딘가에서 끝난 사람도 있다. 하지만 추억이 되어, 가끔 기억나고 화도 나는 사랑은 J와 H 그리고 지금의 남편 셋이다. 아내가 되기까지 나의 연애사를 정리하다 '이거 남편의 순애

보네' 웃었다. 남편은 여섯 학번 대학 선배로, 내 나이 스물부터 스물둘까지 함께 했고, 4년의 공백 후 스물여섯에 다시 만나 2년 뒤 결혼했다. 남편은 나와 헤어지고 아무도 만나지 않았다(못했다). 6주 연속 소개팅을 했지만 번번이 거절당한 건 공공연한 비밀이다. 나를 기다렸다기보다 기다려진 것, '어쩌다 순애보'라는 말이 맞겠다.

2002 월드컵 함성 속에서 수능을 치렀다. 수업 시간에 축구를 보고, 저녁 경기가 있을 때는 부천 종합운동장으로 응원을 가는 기이한 수험 생활이었다. 교실 곳곳에 김남일과 안정환 브로마이드가 붙었다. 나는 책상 한쪽에 시간표와 영어 단어, 박지성 사진을 붙였다. 색지를 입히고, 예쁜 스티커와 연예인 사진으로 책상을 꾸미는 것이 수험 생활의 작은 낙이었다. 수능을 보고 집에 와서 치킨을 먹는데 목이 멨다. 아버지는 재수는 절대 안 된다고 했지만, 딸을 지방대에 보낼 수는 없었다.

부천 대성학원에서 재수 생활을 시작했다. 학원에 갔는데, 맨 뒷자리에 키 크고 잘생긴 J가 앉아 있었다. 학창 시절의 인기는 한두 사람으로 몰리는 경향이 있다. 우리 학교에도 J를 좋아하는 아이가 여럿 있었다. 신경이 쓰였지만 공부에 집중했다. 모의고사를 본 날, 다 같이 맥주를 마셨고 J와 옆자리에 앉았다. 그 후 나는 J와 가끔 연락을 주고받는 사이가 되었다. 수능이 끝나고 J와 몇 번 만났다. 대학 입시 정보를 공유하고, 수험생 할인을 받아 맛있는 것을 먹었다. J의 진한 눈썹과 살짝 웃는 입매가 자꾸 떠올랐다. 대학 입학 후, J가 우리 학교 축제에 오고, 같이 영화를 보고, 서로의 싸이월드 미니 홈피에 글을 남겼다. J가 '오늘 잘 들어갔어?'라는 글을 방명록에 남겼을 때, 내 미니 홈피는 'Today is 설렘' 분홍빛으로 물들었다.

딱 거기까지였다. 나는 J의 넓은 어장을 헤엄치는 한 마리 물고기일 뿐이었다. 그것을 알면서도 기다렸다. J의 문자와 메일을 수없이 넘겨보며, 오지 않는 연락을 기다리며, 나는 지쳤다. 누구나 한 번쯤 앓는 사랑의 열병을 J로 인해 겪었다. 그해 여름, 다른 사람이 나타났다. 학교 선배가 종로 영화관에 취직했다며 놀러 오라고 했다. 별 뜻 없이 영화를 보러 갔다. 두 번째 만난 날 선배는 "사랑이 뭐라고 생각하니?"라고 물었고, 나는 그저 웃었다. 선배는 J와 너무 결이 다른 사람이었다. 선배는 편했지만 가슴 뛰지 않았다. 그해 가을 선배가 경복궁 앞에서 손을 내밀었다. 두터운 손이 참 따뜻했다.

대학교 3학년 가을, 휴학을 하고 유럽 배낭여행을 떠났다. 세상은 넓고 한국은 좁았다. 초겨울에 귀국하니, 한국은 치솟는 집값과 한미 FTA로 시끌시끌했다. '이게 사랑일까.' 내 마음도 시끄러웠다. 선배에게 말했다. "우리 헤어져요." 그는 나를 잡지 않았다.

소녀시대가 '소녀'였던 때가 있다. 원더걸스의 'Tell Me'와 소녀시대의 '소녀시대'를 들으며 스물셋을 보냈다. 졸업을 앞두고, 삶이 막막하고 외로웠다. 같은 과 동기의 소개로 H를 만났다. 잘생긴 남자는 나쁜 줄 알았는데, H는 달랐다. 한 살 어린 H가 나를 "누나"라고 부르다가 "혜린아"로 바꾸는 데는 얼마 안 걸렸다. H는 대방역에 살아서 아침마다 같이 전철을 탔다. 다섯 정거장을 간 뒤 헤어졌지만, 날마다 시간을 맞춰 학교에 함께 갔다. 시청역에 내려 환승 통로로 걸어가는 H의 긴다리를 오래도록 바라보았다. H에게《우리들의 행복한 시간》을 건네며 장난으로 독후감을 쓰라고 했는데, 며칠 뒤 H가 진짜 독후감을 써왔다. "공대생이 이 정도면 괜찮지?"라며 수줍게 웃었다.

그 무렵 J가 나타났다. J는 내가 H와 사귀는 것을 알고 있었다. 예전에는 내가 세 번 연락을 하면, J가 한 번 정도 답했다.

그랬던 J가 매일 전화를 하고 문자를 보냈다. 보통 약속 장소도 J의 집 근처였는데, J가 우리집 앞으로 찾아왔다. 냉정하게 거절했지만 예전의 감정이 되살아났다. J는 지독하게 좋아하고 끔찍하게 싫어진 내 첫사랑이었다. 혼란스러웠다. H와 J 모두 좋았다. "혜린아, 그거 했던 이야기잖아." H와 통화를 하며 같은 이야기를 반복했고, 결국 J가 나타났음을 실토했다. '더 이상은 안 되지.' 결국 H와 헤어졌다. '첫사랑이 이루어졌어'라는 생각도 잠시, 두세 달쯤 지났을까. J가 변했다. 전화와 문자가 뜸하더니, 미니홈피에 다른 여자 사진이 올라왔다. 내 인생에서 J를 삭제했다.

이별의 슬픔도 잠시, 졸업이 코앞이었다. 고민 끝에 교육대학원에 입학했다. 2008년은 광우병으로 온 사회가 술렁였다. 푸르른 5월, 집회가 불법이라고 했지만 촛불은 더 강해졌다. 나는 촛불을 들지 않았다. 내 앞길이 더 캄캄했다. 과외로 학비를 벌면서 계속 진로를 고민했다. 교사, 작가, 기자, 아나운서라는 직업을 견주며 책상을 지켰다. 모두 사회 문제와 뗄 수 없는 직업들인데, 끝내 꿈을 이루지 못한 건 당연한 일이었을까. 스물넷의 내게는 역사보다 내 삶이 더 무거웠다.

가끔 소개팅을 했지만 사랑으로 이어지지 않았다. 대학원 졸업을 앞두고 취업을 해야 했다. 봄에는 천안함이 폭침되고, 가을에는 연평도 포격을 당했다. 나에게는 시사 상식 그 이상도 그 이하도 아닌 사건이었다. MBC 아나운서 1차 면접을 보고 한강에 앉아 있었다. 새벽부터 화장과 머리를 했는데, 5분 면접 보고 나니 할 일이 없었다. 곱게 단장한 내가 서글펐다. 그때 4년 전 헤어진 선배에게서 문자가 왔다. '잘 지내니?'

　우리는 그날 만났다. 선배는 '토요일인데 뭐하지?' 생각하다 연락을 했단다. 선배는 자신의 블로그 주소를 알려주었다. 선배의 글은 따뜻했고, 그의 블로그에 담긴 영화, 책, 음악이 내 것처럼 선명했다. 그 후 선배와 2년 연애 끝에 결혼을 했다. 남편은 스물여섯에 나를 만나 8년 뒤 나와 결혼한 셈이다. "여보, 내 인생의 남자는 세 명이에요. 당신은?"이라고 묻자, 남편은 다섯 손가락을 정성껏 접었다. 올 여름, 가족 모두 이대 ECC로 '신비아파트' 공연을 보러 갔는데, 남편이 이대 지리에 너무 훤했다. 정문 후문 음식점과 학교 안 건물 위치까지. "이대생도 다섯 명 안에 포함되는 거예요?"라고 묻자, 남편이 흠칫 놀랐다. '어쩌다 순애보'는 아직도 진행 중이다. 남편은 내 첫사랑이고.

2
당신을 사랑하기로 했다

나는 스코트와 내가 서로 다른 점이 많음을 알고 있었다. 스코트가 박학하고 빈틈없으며 잘 연마된 정신을 갖고 있는 반면에 나는 환상적이고 즉흥적이며 학문과는 거리가 멀었다. 그러나 우리는 뭐라 말할 수 없는 끈으로 연결되어 민감함을 공유했다.

- 헬렌 니어링, 《아름다운 삶, 사랑 그리고 마무리》

나에게도 "안녕하세요. 신입생 윤혜린입니다"를 외치며 캠퍼스를 누비던 때가 있었다. 그해 봄은 유난히 길었다. 개나리, 벚꽃, 목련 하나 둘 피어나며 봄을 알릴 때, 나 또한 봄옷 입고 다니며 인문학관을 노랑, 분홍으로 물들였다. 모든 것이 새롭고 신기했다. 각종 학교 행사에 정신없이 한 달이 지났고,

어느덧 4월 학술답사였다.

학술답사를 위한 반별 세미나가 시작되고, 나는 현대 소설 반으로 들어갔다. 세미나 작품은 김승옥의 〈무진기행〉이었다. 세미나 첫날, 각자 써온 감상문을 읽고 토론을 시작했다. 그때껏 나에게 소설은 참고서에 정리된 내용을 외우면 되는 시험의 일부였다. 결론은 이미 정해진 것. 하지만 토론은 길게 이어졌다. 저마다 인물을 바라보는 관점이 달랐지만, 무엇 하나 틀린 것은 없었다.

내가 말했다. "토론을 할수록 더 복잡해지는 느낌이에요. 점점 더 모르겠어요." 순간 뒤에서 별말 없이 앉아 있던 한 선배의 목소리가 들렸다. "모르는 게 당연한 거야. 우리도 우리 자신을 잘 모를 때가 있는데 어떻게 소설 속 인물의 마음을 단번에 알까?" 이것이 내가 기억하는 남편의 처음이다. 내용은 따끔했지만 말투는 따뜻했다. 어딘가 한대 얻어맞은 느낌이었지만 기분이 나쁘진 않았다. 나도 모르게 순간 웃었다. '아, 그래. 답이 꼭 하나만 있는 건 아니지.'

스무 살 가을부터 스물두 살 초겨울까지, 3년 동안 그와 함께했다. 처음에 어렵기만 했던 선배와 연인이 되면서, 많은 것을 배웠다. 그는 어떤 상황이든 나를 다그치지 않았다. '오빠, 나 늦게 나와서 영화 시간 좀 늦을 거 같아요. 미안'이라고 연락을 하면 '괜찮아. 영화는 뛰어가서 보는 게 재미야'라는 답문이 왔다.

나는 그를 만난 지 3년 되던 해 초겨울, "오빠 참 좋은 사람이에요. 근데 우리 헤어져요"라는 역설을 저질렀다. 스물둘, 내가 본 세상이 너무 컸기 때문일까. 유럽 여행 후 처음 만나 이별을 선언했다. 그는 당황했지만, 모든 것을 받아들였다. 그와 그렇게 헤어졌다. 나는 여전히 좋은 감정으로.

1년에 두세 번 서로의 안부를 묻는 연락이 오가고, 더러는 만나기도 했다. 2009년 이후 소식이 뜸했고, 2010년 가을날, 그에게서 오랜만에 연락이 왔다. 한동안 잊고 있었던 그의 이름이 반가웠다. 그 이름 곁에 철없던 시절의 내가 살고 있었다. 그는 '농부'가 되어 있었다. 그해 봄 큰 수술을 했고, 요양 차 고향으로 내려갔는데 그 생활이 좋아 평생 농부로 살기로 했단다. 그에게 붙은 '농부'라는 이름이 생소했지만, 그간 보아왔던 어떤 직업보다 잘 어울렸다. 그와 몇 마디 이야기를 나누니, 그간의 공백은 사라졌고 어제 만난 사람처럼 친근했다.

대학원 졸업 후 나에게는 하루하루가 전쟁이었다. 임용고사에 대한 두려움과 교사라는 직업에 대한 회의가 하루에도 몇 번씩 마음을 흔들었다. 등단을 위해 소설, 동화, 수필을 썼다 지웠다 반복했다. 하지만 어떤 결론도 나지 않았다. 내가 할 수 있는 것은 매일을 전쟁 치르듯 뛰고 또 뛰는 것, 그런 나에게 그의 삶은 새로운 답이었다.

오랜만의 만남 이후, 우리는 자주 연락을 주고받았다. 아직까지 기억에 남는 그의 문자가 있다. '공부는 즐겁게 하고 있니?' 공부를 열심히 해본 적은 있어도, 즐겁게 해본 적은 없다. 하지만 '즐겁게'와 '공부'라는 조합이 그럴듯했다. 그와 함께라면 나의 삶 또한 즐거워질 것 같았다. 두 번째 만난 날, 점심을 먹고 삼청동 산책을 했다. "할 말이 있어." 그가 재킷 안주머니에서 꾸깃꾸깃한 종이를 꺼내더니, 그와 결혼하면 할 수 있는 일들에 대해 읽어 내려갔다. 갑작스런 대낮의 프러포즈에 웃음만 나왔다.

그는 그렇게 서두르듯 터키 여행을 떠났고, 출국을 알리는 전화 이후 연락이 없었다. 혹시 무슨 일이 있는 건 아닌지 마음이 쓰였다. 길거리 프러포즈 장면이 종종 떠올랐고, 터키에 있을 그의 모습이 궁금했다. 그는 그런 사람이었다. 고백을 하려면 어떤 분위기에서 해야 하는지, 어느 정도 밀고 당겨야 하는지 고민하지 않았다. 그 솔직함이 그리웠다. 그가 터키에서 무언가를 보고, 자신을 만나는 동안 나는 프러포즈에 대한 답을 준비했다. "우리 결혼해요."

3
그 후로 오래오래

우리는 사랑이 어떻게 시작하는지에 대해서는 과하게 많이 알고, 사랑이 어떻게 계속될 수 있는지에 대해서는 무모하리만치 아는 게 없는 듯하다.

– 알랭 드 보통, 《낭만적 연애와 그 후의 일상》

신혼 때 나와 남편은 별로 안 친했다. 책을 읽고, TV를 보고 각자 할 일에 바빴다. 1년 뒤 출산과 함께 모든 시간이 육아로 가득 채워질 줄 알았다면 함께 영화도 보고, 여행도 하고, 외식도 하며 조금 더 단란한 시간을 보냈을 텐데. 둘째가 어린이집에 갈 때까지 제대로 먹고, 씻고, 자는 기본적인 일조차 어려웠다. 나는 아이와 함께 눈 떠서 하루 종일 먹이고, 입히고, 재우고를 반복하다 아홉 시면 다시 아이와 함께 잠이 들었다.

가끔 눈을 떠서 밖으로 나오면, 남편은 헤드폰을 끼고 TV를 보고 있었다. 농부로, 아들로, 남편으로, 아빠로, 하루를 보낸 사람의 유일한 낙이었다. 2013년 여름부터 2018년 봄까지 우리는 육아 업무를 완수하는 직장 동료였다.

2018년 봄, 둘째가 어린이집에 입학했다. 6년 만에 둘이 점심을 먹으려니 어색했다. 점심으로 매운 오징어 볶음을 먹으며, "미움이 뭘까?" 같은 현학적인 대화를 나눴다. 아이들 모두 출가시키고, 시골에 둘만 남은 노부부 느낌이랄까. 결혼 8년 차쯤 되면, 순간 같은 콧노래를 흥얼거리고, 부탁하기도 전에 서로의 요구를 알아챈다. 이 사람과 결혼하지 않았다면 어땠을까. 비혼자로 살 수도 있고, 다른 사람의 아내가 되었을 수도 있다. 내가 말했다. "내가 좀 사람 보는 눈이 없잖아. 그런데 당신이랑 결혼한 건 좀 신기해요. 몸 건강히, 나보다 오래 살아요. 그래도 혹시 모르니 보험은 들어놓고."

남편과 연애를 할 때 "나는 오빠를 좋아하는지 모르겠어요"라는 말을 자주 했단다. 언젠가 전공 시간에 사랑에 대한 시를 다루며, 교수가 말했다. "우리는 모두 영화에서 보거나 소설에서 읽은 불꽃 같은 사랑을 꿈꾸는데, 사랑도 개인차가 있어요. 저 사람 괜찮은데? 이게 자기 감정의 최대치인 사람도 있어요.” 그렇다. 사람이 모두 다른데, 사랑도 다르리라. 하지만 나는 첫눈에 반하고, 생각만으로 설레고, 목숨까지 내놓는 그런 강렬한 사랑을 할 줄 알았다. 그런데 남편은 첫눈에 반하기에 키는 좀 작았고, 생각만 해도 설레기에는 머리가 컸다. 좋은 사람이지만, 목숨까지 내놓을 수 있을지는 의문이었다.

　신혼 때, 차를 타고 집에 오는 길이었다. 내가 “오늘 하늘이 왜 저러지?”라고 말하니 남편이 대뜸 말했다. “하늘이 파란데 이유가 어디 있어? 왜라는 질문은 별로 안 좋아.” 순간 당황했다. 남편은 학문적인 질문 외에는 ‘왜’라는 말을 잘 안 쓴다고, 특히 사람의 행동이나 이미 일어난 일에 ‘왜’라고 묻는 건 상황만 더 악화시킨다고 했다. 맞는 말이다. 생각해보면 나는 “왜 저래?”라는 말을 자주 썼다. 남편은 아마 ‘왜?’라는 말에 적잖이 스트레스를 받았고, 애꿎은 하늘에 화풀이를 한 듯했다. 하지만 ‘메신저가 곧 메시지’라는 말이 있듯, 남편의 메시지는 옳았으나, 눈빛은 따가웠다. 그날 우리는 결혼 후 처음 싸웠다.

　첫째 아이 두 돌 무렵 둘째가 태어났고, 육아가 힘에 부쳤다. 두 아이 모두 엄마가 필요했다. 아이를 안고 밥을 먹고, 무롯에 앉혀 볼일을 보고, 화장실 문을 열고 씻었다. 밤 사이 두 아이를 토닥이고 젖을 물리며, 아침을 맞으면 언제나 몽롱했다. 어느 날, 남편에게 너무 힘들다고, 육아의 끝이 안 보인다고 말했다. 남편은 다들 그만큼 삶의 짐이 있다고, 견딜 수 있는 고난이라고, 힘들다는 말 자체가 우리를 더 힘들게 하는 거라고, 그러니 그런 말 하지 말자고 했다. 그도 나만큼 육아에 묶여 있었다. 틀린 말은 아니었지만 막막했다. 많은 여자들이 아무렇지 않게 한 일이라고, 투정 그만 부리라고 나를 몰아세웠다. 외로웠다.

그 무렵, 소아청소년과 의사 서천석이 진행하는 '아이와 나'라는 팟캐스트를 들었다. 육아의 실질적인 고민과 해결책, 여러 전문가들의 다양한 이야기가 나왔다. 어느 날 방송을 듣다 눈물이 핑 돌았다. "육아, 힘드시죠? 아이를 키우는 것은 쉽지 않습니다. 우리 모두 준비 없이 부모가 되었기 때문입니다." 힘들면 안 된다고 나를 채찍질했는데, '육아는 힘든 거구나, 힘들어도 되는 거구나' 확인 받은 느낌이었다. 남편은 늘 관계 전체를 조망했다. "나 오늘 K 때문에 속상했어"라고 하면, "그 사람도 사정이 있을 거야"라고 답했다. 그저 들어주면 되는데, "속상했겠구나"라고 하면 사라질 감정인데, 합리적인 조언과 평가는 늘 차가웠다.

남편과 크게 다퉜다. 난 금성에서 온 여자라고, 그러니 그저 들어주면 된다고, 당신이 안아주면 금세 녹을 감정이라고, 내가 원하는 건 당신의 이성적 판단이 아니라고. 남편은 화성에서 온 남자이기에 논리적으로 맞섰지만, 나는 지지 않았다. 힘들다는 말도 못 꺼내게 한 건 잘못이라고, 분명 힘든데 왜 그 말조차 못 하게 하냐고 따졌다. 참고 있던 눈물이 터졌다. 내 마음이 그에게 닿았을까. 한참 쏘아붙이던 나를 남편이 꼭 안았다. 그날 이후, 남편의 충고와 판단은 많이 줄었다. 하루 동안 있었던 일을 전하며 "진짜 어이없지 않아?"라고 물으면, 영혼 없이 "진짜 어이없다"라고 할지언정 해결책을 제시하지는 않는다.

나는 삼겹살을 바짝 익혀 먹는다. 딱딱한 과자처럼 씹어 먹어도 좋다. 기름기 있는 것을 싫어해 곱창도 안 좋아하고, 제육볶음 먹을 때도 비계는 떼어내고 먹는다. 그런데 신혼 초, 남편은 "고기는 이럴 때 먹어야지"라며 중간 정도 익은 삼겹살을 내밀었다. 좀 더 익혀 달라고 하면, "넌 아직 고기를 몰라"라며 고개를 저었다. 하지만 이제 남편은 삼겹살을 구울 때, 내 몫은 바짝 익힌다. 같은 콩나물도 남편은 쫄면에 넣어 먹고, 나는 비빔밥으로 먹는다. 그걸 하루아침에 이루려 했으니, 신혼 초에는 마음이 복닥거렸다.

우리는 다르다. 나는 늘 일을 벌이고, 잔소리를 하고, 버럭 화도 잘 낸다. 남편은 일을 수습하고, 잔소리하기 전에 움직이고, 큰소리가 나기 전에 "엄마, 화났어"라며 아이들을 단속한다. 우리는 이제 사랑이 어떻게 지속될 수 있는지 조금 안다. '그 후로 오래오래' 노력해서 '행복하게 살았습니다'에 이르는 중이다.

4
농부의 아내로 산다는 것

그 사실이란 별 건 아니다. 예를 들자면, 농부는 아침에 새소리가 아닌 멜론 탑 100을 들으며 잠을 깬다. 여름이면 엄마는 때때로 시원한 에어컨 바람을 쐬고 싶어서 볼일도 없이 은행을 간 적이 몇 번이나 있었고 누나는 벌레를 싫어하며 동생은 호박 수프보다 인스턴트 라면을 좋아한다는 정도이다.

- 민승지, 《농부의 어떤 날》

추수 마지막 날, 남편이 "오늘 수업 몇 시에 끝나?"라고 물었다. 오후 수업만 있다고 답하며, 순간 어떤 말이 나올까 조마조마했다. "오늘 점심 좀 가져다 줄 수 있어?" 고개를 끄덕였지만 마음은 어지러웠다. '오늘 글 쓰려고 일부러 오전 수업 안 한 건데…', '다음 주부터 시작하는 수업 준비도 해야 하는데…', '지금 할 일이 태산인데…' 입가를 맴도는 말을 누르며, 주부 습진 걸린 남편의 손을 떠올렸다. 일을 마치고 돌아오면 설거지, 청소, 빨래 모두 남편의 손이 닿아 새것이 되어 있었다. 그 고마움을 돌려줘야 할 때였다. 나는 계획이 흐트러지고, 내 시간이 사라지는 것을 못 견딘다. 잠시 생각했다. '추수하는 곳에 밥 한 번 내가지 않고 무슨 글을 쓰니?' 오랜만에 어머님과 대화를 나눴고, 누렇게 익은 벼도 보았다. 생각해보니 모내기 할 때 오고 두 번째였다. 네루다의 시가 떠올랐다.

어떤 책도 나를 / 종이로 쌀 수 없었고, / 인쇄로 / 나를 채울 수 없었으며, / 거룩한 간기(刊記)로도 채울 수 없었고, / 여태 껏 내 눈을 / 덮지도 못했다 / 나는 책에서 나와 과수원으로 살러 간다
책들은 서가로 보내자, / 나는 거리로 나가련다. / 나는 삶 자체에서 / 삶을 배웠고, / 단 한 번의 키스에서 사랑을 배웠으며 / 사람들과 함께 싸우고 / 그들의 말을 내 노래 속에서 말하며 / 그들과 더불어 산 거 말고는 / 누구한테 어떤 것도 가르칠 수 없었다.

-파블로 네루다, 〈책에 부치는 노래1〉 중에서

나는 도시 여자다. 사람들이 우리집을 보며 "온통 풀이네" 한숨을 쉬어도 나는 잡풀, 들꽃 모두 그저 예쁘다. 고추를 딴 적도 없고, 밭에 있는 부추, 가지, 오이도 누가 따주지 않으면 먹지 않는다. 우리집 뒤는 바로 산인데, 작년 여름 다용도실 문을 열어놨다가 뱀이 들어왔다. 다음 날 아침 나는 뱀 옆에서 빨래를 하고 세탁기를 돌렸다. 다용도실 문을 열었는데, 세탁기 위에서 뱀이 춤을 추고 있었다. 뱀 조심 하라는 말을 대수롭지 않게 여긴 나의 과오였다.

나는 농사를 책으로 배웠다. '벼농사 순서로 알맞은 것을 고르시오'라는 문제의 답이 모내기가 먼저인지, 못자리가 먼저인지 헷갈렸다. 나도 이제 벼농사 순서 정도는 안다. 봄이 오면 트랙터로 논을 간다. 겨우내 묵은 논을 새로 갈면서 농사를 시작한다. 이런 날은 논으로 물과 커피를 날라야 한다. 못자리는 싹을 틔운 볍씨를 모판에 뿌리고 흙을 덮는 것이다. 못자리를 할 때는 볍씨 뿌리는 사람, 흙 부리는 사람, 모판 옮기는 사람까지 일손이 많이 필요하다. 이날은 보통 친정 부모님이 오시고, 나는 핫도그나 샌드위치 같은 간식을 준비한다. 모는 비닐하우스에서 기른다. 물을 주고 아침저녁 기온에 따라 문을 여닫으며 한 달 정도 키운다. 모두 남편의 몫이지만, "급히 나오느라 하우스 문 안 열었어. 좀 열어줘"

같은 말에 내가 움직이기도 한다.

모내기는 5월 중순에 하는데, 그 전에 모판을 옮긴다. 모판을 옮길 때면 나는 장을 보고, 점심과 저녁 차리는 것을 거든다. 세 명씩 한 조가 되어 모판을 트럭에 싣고 논에 내려놓는 단순 노동의 반복. 트럭이 논에서 돌아올 때, 간단한 간식과 음료를 챙기는 것이 나의 일이다. 모를 내는 날에는 점심으로 닭볶음탕이나 제육볶음을 준비해 배달을 한다. 그러면 한 해 농사의 반은 끝난다. 추수할 때까지 거름을 주고, 물을 보고, 병해충을 살피고, 논에 물길을 내는 것은 남편의 몫이다. 수확은 한결 수월하다. 콤바인이 벼를 베면서 탈곡까지 해준다.

쌀과 곡물은 보통 농사 지어 먹는다. 여름에 호박, 오이, 상추, 고추 등을 심고, 늦가을 김장 재료도 모두 우리가 키운다. 가끔 시골살이를 자급자족 생활로 착각하는 사람이 있다. "너희도 달걀 사 먹어?", "고기를 마트에서 사?", "양상추도 사먹니?" 묻는다. 시골 살면 모든 야채를 길러 먹고, 닭과 돼지와 소를 키우는 줄 안다. 밭에 있는 야채를 먹을 수 있는 것은 여름 한철이다. 겨울에는 우리도 비싼 값을 치르고, 하우스 야채를 사먹는다.

"시골 살면 안 불편해?"라는 질문도 자주 듣는다. 피자와 치킨, 자장면은 배달이 안 되고, 필요한 물건을 바로 사기 힘들다. 냉동 치킨과 피자를 상비해 놓고, 물건은 온라인으로 구입해야 한다. 불편하지만 나쁘지 않다. 가끔 문화생활도 한다. 3년 전, 근처 읍내에 작은 영화관이 생겼다. 스크린이 작기는 하지만 7천 원에 최신 영화를 볼 수 있다. 근처 도서관에서 아이와 함께 요리, 책놀이, 클레이 등 다양한 수업도 듣는다.

농부의 아내로 사는 것은, 회사원의 아내로 사는 것과 비슷하다. 남편의 일터가 사무실 대신 논이다. 가끔 나의 도움을 필요로 하는 일이 있지만, 일 년에 서너 번이다. 농촌으로 블루베리 따기나 두부 만들기 체험 활동을 가는 사람도 있으니, 내가 감당할 수 있는 선이다. 나는 아직 자연이 불편하다. 밤늦게 고라니, 멧돼지, 너구리와 마주할 때면 머리가 쭈뼛 선다. 예쁜 구두에 흙이 묻으면 속상하다. 하지만 이제 들꽃을 지나치지 않고 '모야모' 앱에 올려 이름을 묻는다. '아, 소나무도 꽃을 피우고 낙엽이 지는구나', '산수유 꽃은 노란색이구나' 자연과 대화한다.

5
너무나 다른 별

결국 감정싸움

주위에 분명 사랑해서 결혼했지만, 관계가 틀어진 부부가 많다. 싸움의 시작은 술, 돈, 부모, 자녀 등 다양하지만, 끝은 서로에 대한 무시와 경멸로 비슷하다. 글은 문자 그대로 전달되지만, 말은 언어와 함께 비언어적 요소—몸짓, 표정, 분위기, 억양—까지 함께 전한다. 대부분 부부 관계는 이 지점에서 무너진다. 부부싸움은 종종 주제를 잃은 채 "왜 그런 식으로 말해?", "소리 지르지 마", "그 눈빛은 뭔데?" 같은 비언어적 요소로 옮겨 간다. 결국은 감정싸움이다.

나는 부정적인 감정에 한 번 빠지면 쉽게 헤어 나오지 못한다. 나에게는 해결되지 않는 문제가 있다. 주말 나 홀로 육아이다. 평일에는 비교적 수월한 육아를 하지만, 주말은 반대다. 농부 남편은 토요일에 바쁘다. 못자리, 모내기 같은 여러 일손이 모여야 하는 일은 토요일에 한다. 일요일도 마찬가지인데, 교회 봉사를 하는 남편은 오후 서너 시까지 그곳에 묶여 있다. 함께 교회에 가지만 아이 둘은 언제나 내 몫이다. 어느 날 눌렀던 감정이 터졌다. 친정은 왜 이렇게 멀지, 교회 봉사는 육아 휴직도 없나, 왜 두 아이는 당연히 내 몫일까. 나는 남편에게 언제까지 이래야 하냐며 따졌다. 사실 그를 몰아세울 뿐 뾰족한 답은 없었다.

얼마 전, 이 문제로 또 흔들렸다. 두 아이가 일요일 아침부터 싸웠다. 눈 뜬 순간부터 눈만 마주치면 누나가 뺏었다고, 동생이 때렸다고 이르고 따졌다. "안은산이 먼저 때렸어." "누나가 놀렸어." 현명한 판사 노릇도 한두 번, 매번 서로의 생각과 입장을 헤아리기가 힘에 부쳤다. 둘을 데리고 교회에 갈 생각을 하니 머리가 지끈했다. 심심하고 시끄러운 아이들은 예배의 경건함에 도움이 되지 않았다.

사건에 대한 구체적 감정은 대부분 그 사건에 대한 우리의 평가에 따라 좌우된다. 감정 반응이 긍정적인 쪽인지 부정

적인 쪽인지 결정하는 것은 사건 자체이지만 감정 반응의
구체적 내용과 강도를 결정하는 것은 사건에 대한 개인의
평가이다.

- 래리 트랩,《결혼 건축가》

니체도 고통은 해석이라고 말하지 않았던가. 나는 단순히
고통을 겪은 것이 아니라, 내 안에서 해석된 고통을 앓았다.
'내 마음 아는 사람은 아무도 없어.' 고통은 타인에 대한 질책
으로 뻗어나갔다. 아무리 간절해도 내 힘만으로 어쩔 도리가
없으면, 인정해야 했다. 내 의지 너머의 것을 어떻게 해보겠다
고 발버둥쳐 봤자 돌아오는 것은 없었다.

서로 다른 사랑의 언어

중국어와 영어가 다르듯이 당신의 사랑의 언어가 배우자의
사랑의 언어와 다를 수 있다. 당신이 영어로 사랑을 표현하기
위해 아무리 노력한다 할지라도 당신의 배우자가 중국어만
아는 사람이라면 당신이 얼마나 사랑하는지를 결코 이해할
수 없다.(22쪽)

남편과 나는 분명 서로 사랑한다. 하지만 표현 방식이 달

라 종종 오해했다. 게리 채프먼은 《다섯 가지 사랑의 언어》에서 저마다 사랑을 느끼고 표현하는 사랑의 언어가 있다고 말한다. 인정하는 말, 함께하는 시간, 선물, 봉사, 스킨십 다섯 가지 중 하나이다. 처음에는 '함께하는 시간'이 나의 사랑의 언어라고 생각했다. 그런데 나는 '함께하는 시간'이 줄거나 없다고 해서 속상하거나 힘들지 않았다. 남편이 나에게 상처를 준 순간에 대해 생각했다. 문제는 따로 있었다. 그가 나의 생각과 행동을 부정할 때, 내 잘못을 지적할 때 마음 한 구석이 아렸다. 순간 자존심 때문에 화조차 못 냈지만, 그 작은 균열로 오랫동안 아팠다. 나의 사랑의 언어는 '인정하는 말'이었다.

남편에게 다섯 가지 사랑의 언어를 설명하고 어떤 것이 자신의 언어인지 물었더니 단번에 '봉사'라고 답했다. 생각해보니 남편은 늘 그 방식으로 사랑을 표현했다. 아침에 일어나면 전날 널어놓은 빨래가 가지런히 소파 위에 놓여 있었다. 아침 먹고 아이 둘 어린이집 보낼 준비에 이 방 저 방 뛰어다니다 보면, 어느새 식탁이 깨끗하게 치워져 있었다. 그는 분담한 집안일은 거르지 않고 매일 최선을 다한다. 그가 사랑을 표현하는 방식이었다.

반면 나는 남편을 위해 점심을 차리고, 커피를 내리고, 빨래를 하는 것을 사랑의 표현이라 여기지 않았다. 내가 해야 할 일이기에 했을 뿐. 대신 나는 이렇게 사랑을 표현했다. "여보, 늘 고마워요." "얘들아, 아빠 같은 사람은 정말 세상 어디에도 없단다." 인정하는 말로 그를 격려하고 다른 이들에게 칭찬했다. 하지만 그런 표현이 내 생각만큼 그에게 의미 있지 않았다.

> 불행하게도 사랑에 빠지는 감정이 영원히 지속된다는 것은 사실이 아니라 허구다. 심리학자인 도로시 테노브 박사는 사랑에 빠질 때 나타나는 현상을 오랫동안 연구해 왔다. 결혼한 부부들을 연구해보니 로맨틱한 사랑에 사로잡힌 기간은 평균 2년이라는 결론이 나왔다.(37쪽)

스승의 날, 수업 시간에 문학 교수가 말했다. "사실 스승의 은혜 노래에서 스승은 가르친 게 아무것도 없어요. '참되거라. 바르거라. 가르쳐주신' 이걸 듣고 어떻게 해야 하는지 아는 사람은 없어요. 참된 게 뭐고, 바른 게 뭔지 그걸 안 가르치고 만날 참되고 바르거라 말만 하면 뭐해요." 그 말에 고개를 끄덕였다. 모든 추상적인 말들이 다 그렇다. 사랑, 진리, 평화 같은 말은 구체적으로 풀지 않으면 공허하다. 이 책에서 말한 다섯 가지 사랑의 언어는 사랑의 구체적인 실천 방안이다.

게리 채프먼은 《다섯 가지 사랑의 언어》를 시작으로, 자녀, 10대, 싱글, 이혼 등 다른 여러 사례에 대한 책도 출간했다. 모든 책을 관통하는 핵심은 같다. 아이에게 적용하면 의미가 보다 분명해진다. 아이를 칭찬하고, 아이와 함께 시간을 보내고, 아이를 위해 봉사하고, 아이를 안아주고, 아이가 원하는 것을 사주는 모든 일이 삶으로 녹아든 사랑의 표현이다.

틀린 것이 아니라 다른 것

싱글인 친구가 말했다. "남자는 결혼해서 밥 해주고 빨래 해줄 엄마 찾는 거잖아." 그래도 결혼은 해볼 만하다고 할까 하다가 입을 닫았다. 성 상품화, 페미니스트 연예인의 자살 이야기까지 나오면 한국 남자는 벌레가 된다. 혐오가 만연한 사회이다. 나 또한 누군가의 속사정을 알기 전에 쉽게 판단했다. 생각해보면 그 시작은 나에 대한 오해였다. 나는 내가 이렇게 고집 세고 속 좁은 사람인지 몰랐다. 남편만 틀리다고 생각했다. 하지만 서로의 우주가 바닥까지 추락했다 지표를 찾으며, 우리는 서로를 알아갔다. 차갑게 "됐어!"라며 고개 돌리고,

무표정하게 지나쳤던 날들, 소란스런 싸움 속에서 관계는 여물었다.

> 이러한 사랑은 노력과 훈련을 필요로 한다. 이것은 만일 배우자의 삶이 나의 노력에 의해 풍성해진다면 나 또한 정말 서로 사랑하고 있다는 만족감을 느낄 것을 알고, 열심히 배우자의 유익을 위해 노력하고자 하는 선택이다.(41쪽)

남편은 감정에 예민하고, 사람 관계에 신경을 쓰며, 일의 과정에 집중한다. 반면 나는 감정에 둔하고, 관계보다 일을 우선시하며, 과정보다 목표 중심적이다. 우리는 다르다. 하지만 나는 오늘도 남편을 위해 커피를 볶고 내리고, 골뱅이를 무치고, 국수를 삶는다. 몸이 피곤해 하기 싫은 날도 있지만, 말보다 더 진한 사랑의 표현이다. 연애 시절, 운전하는 남편의 높은 콧날을 보며 '잘생겼네' 가슴이 뛰었지만, 이제는 "아빠랑 놀자"라며 아이를 데리고 나갈 때 더 설렌다. 음식물 쓰레기를 가지고 나가는 남편의 뒷모습은 언제나 아름답다.

게리 채프먼, 《다섯 가지 사랑의 언어》, 생명의 말씀사, 2010

6

나의 부러움, 그의 외로움

환상의 현실

"가정은 평안한 곳, 피로를 풀고 자신을 회복하는 곳, 아빠들은 그런 환상을 품고 있다."(58쪽) 하지만 매일 아이를 먹이고, 재우고, 달래고, 씻기고, 입히는 육아의 현실은 그런 환상을 허락하지 않는다. 남편이 집에 돌아오면 나는 보통 무표정했다. '내가 얼마나 힘든데… 당신은 밖에서 일하니 좋겠다'라는 마음이었다. 요시타케 신스케는《아빠가 되었습니다만》에서 말한다. "직장인이 된 후로 일을 잘하는 것도 당연, 칭찬받지 못하는 것도 당연, 하지만 지금 생각해보면 아빠가 되기 위한 훈련"(17쪽)이었다고 말이다.

남편은 내가 나갈 준비를 하면 아이들 옷을 입히고, 기저귀를 갈면 물티슈를 가져오고, 집 정리를 시작하면 청소기를 돌린다. 하지만 콩나물을 사오라고 하면, 마트에서 한 번도 본 적 없는 굵은 콩나물을 용케 사온다. (누군가는 남편에게 콩나물을 사오라고 했는데 숙주를 사왔다고 한다.) "여보, 아이들 옷 좀 입혀줘요"라며 남편을 믿었다가는 딸은 지퍼를 앞쪽으로 원피스를 입고 있고, 아들은 버리려고 넣어둔 옷을 입고 있다. 여자 눈에 보이는 게, 남자 눈에는 보이지 않는다.

　초보 아빠는 이렇다. "처음 얼마 동안은 아기와 의사소통이 안 되기 때문에, 불안의 연속이다. 기저귀를 너무 조였나? 너무 헐겁나? 덥나? 춥나? 왜 울지? 이 시기는 또한 아내와의 의사소통도 어려워진다. 좋아할 줄 알고…."(43쪽) 아기를 어떻게 안을까 이런 저런 자세를 취하는 아빠가 꼭 남편 같았다. '어쩜 저렇게 모를까' 생각한 것들이 그로서는 최선이었던 셈이다. 나에게는 너무 쉬운 문제가 남편에게는 난제였다.

　뱃속에서 듣던 목소리, 맡던 냄새 속에서 아기는 더 쉬이 잠들었다. 엄마이기에 더 수월했던 것을 남편은 잘 못한다고 여겼다. 모유와 분유 중 무엇을 먹느냐는 엄마와 아기의 애착 정도와 관련이 있다. 아기에게는 곧 생존인 젖이 엄마에게서 나오면 애착은 더 단단해진다. 모유를 먹인 나는 병원 진료를 받은 단 두 번 빼고, 5년 동안 아이와 한 번도 떨어진 적이 없다. 친한 친구 결혼식조차 유모차를 끌고 가서 예식은 보지 못한 채 아기를 안고 음식만 허둥지둥 먹고 나왔다. 책 속의 아내는 한 번도 웃지 않는다. 내 몸 하나 추스르기도 버거웠던 때, 나도 남편을 아무 감정 없이 대했다.

> 눈이 핑핑 돌 정도로 변하는 육아의 나날. 아빠는 괴롭다. 하지만 아무리 힘들어도 잊어선 안 되는 것이 있다. 바로 엄마가 더 힘들다는 것. 수단 방법 가리지 않고 엄마를 웃게 하는 게 아빠 역할의 전부라 해도 과언이 아니다. 내가 이 여자와 결혼한 건 웃는 얼굴을 보고 싶어서였다.(96쪽)

이 글을 쓰는 지금, 육아는 한 단락 마무리되었다. 여전히 일상은 반복되지만 빈도는 줄고 정도도 수월하다. 아이는 이제 이유식 대신 밥을 먹고, 함께 누워 잠든다. 울지 않고 자신의 요구를 말하고, 스스로 옷을 입는다. 내가 그때 얼마나 메말라 있었고, 남편을 다그쳤는지 이제야 보인다. 8시에 온다는 사람이 5분만 늦어도 화가 났고, 잠시만 앉아 있어도 '지금 야구가 문젠가?' 눈살을 찌푸렸다. 내가 웃는 모습이 좋아 결혼한 남자에게 별로 웃어주지 못했다. 영아 산통으로 새벽에 일어나 우는 아이를 나는 몇 번 토닥이다 포기했지만, 남편은 그래도 지금 자신이 해줄 수 있는 것은 이것뿐이라며 밤새 아이를 안고 있었다. 그때 웃으며 고맙다 말했으면 어땠을까.

외로움의 자리

아이를 낳고 집에만 있다가 밖에 나갈 때쯤 되니 겨울이었다. 눈 내리는 창밖 풍경이 TV 화면과 다를 바 없는 따뜻한 감옥 생활. 밖이 춥든 바람이 불든, 가습기와 보일러를 틀어놓은 집은 여름처럼 습하고 따뜻했다. 봄이 되면 유모차를 태워 산책해야지, 가까운 바닷가라도 다녀와야지 상상하며, 빠진 머리카락을 줍고, 아픈 뼈를 매만졌다. 하지만 호기롭게 나선 첫 산책, 아이는 유모차 안에서 몸을 뒤틀며 울었고, 남편은 아이 대신 기저귀 가방을 밀었다. 봄이 온 줄 알고 꽃잎을 열었다가 까맣게 동사한 목련이 내 마음 같았다. 양양에 가서 "당신이라도 다녀와"라며 남편 홀로 낙산사에 보내고, 나는 아이를 몇 겹 둘러 안고 잠시 바닷바람을 쐬었다. 우리집을 열 평 남짓 리조트로 옮겨왔을 뿐, "한 입만 더" 사정해서 이유식을 먹이고, "잠깐만" 부탁하며 기저귀를 갈고, 간신히 재워 눕히면 "응애" 눈을 뜨는 같은 일상이었다.

요시타케 신스케는 아이가 말을 못하는 게 다행이라고 한다. 아니면 아빠는 매일 이런 말을 들을 거란다. "엄마 아닌 게 또 왔네."(31쪽) 아빠는 그저 엄마가 아닌 사람이다. 오롯이 내 것인 엄마의 몫이 무겁고, 한 걸음 떨어진 남편이 부러웠다. 그래도 남편은 문을 닫고 볼일을 보고, 자리에 앉아 밥을 먹고, 깨지 않고 잘 수 있으니 말이다.

> 육아에서 아버지라는 존재는 딱히 설명할 수 없는 보조자, 곁다리 같은 느낌. 왠지 모르게 항상 보상받지 못하는 그 느낌은 뭘까. 아빠가 된다는 건, 아빠가 아니고는 알지 못하는 특유의 '행복해서 더 외로움'을 안고 사는 것인지도 모른다.(116쪽)

나의 부러움이 그에게는 외로움이었다. 아빠는 아무리 노력해도 엄마의 차선이다. 아이들은 산책을 하면 서로 엄마 손을 잡겠다고, 식당에 가면 엄마 옆에 앉겠다고 싸운다. 셋이 한 방에서 잠들고 일어나는 것이 당연해 아빠는 늘 내쫓긴다. 아빠가 녹초가 되도록 비행기를 태워주고 숨바꼭질하며 놀아줘도, 밤이 되면 엄마를 찾는다. 첫째가 아빠 침대에 누워 "이 냄새는 뭐지?" 물었다. 베갯잇을 아무리 빨아도 이제 베개 그 자체가 된 안드로스테론 홀아비 냄새는 오랫동안 혼자 지낸

쓸쓸함의 분비물일까. 늦은 밤 홀로 TV를 보는 남편을 보며 '만날 피곤해하면서 일찍 자지' 생각했지만, 요즘은 이렇게 말한다. "저널리즘 토크쇼 J 하는 날이네. 즐겁게 공부해요." 매불쇼를 들으며 최욱 때문에 웃고, '유령을 잡아라'의 문근영을 보며, 행복해서 덜 외로웠으면 한다.

요시타케 신스케,《아빠가 되었습니다만》, 온다, 2018

7
나를 오해하다

아홉 개의 거짓 가면

나 자신이 궁금해서 《커피 한 잔과 함께하는 에니어그램》을 읽기 시작했다. 에니어그램은 아홉을 뜻하는 'ennea'와 점을 뜻하는 'gramma'가 합쳐진 말이다. 아홉 개의 점은 아홉 가지 성격 유형을 의미한다. 에니어그램은 다른 심리학적 성격 분류와 다르다. 보통 성격 유형론이 장점을 부각하는 반면 에니어그램은 각 유형의 집착, 결함, 숨겨진 동기를 다룬다. 사람은 누구나 어린 시절 결핍을 경험하고, 그 속에서 자기만의 생존 전략을 세운다. 그것이 아홉 개의 가면이다.

어떤 가면을 쓰느냐에 따라 문제를 푸는 방식이 다르다. 한 회사의 회의 장면을 떠올려보자. 자신의 말이 곧 법인 박 부장은 힘으로 세상을 살아간다 여기고, 농담으로 분위기 띄우는 이 과장은 인생은 재미있어야 한다고 생각한다. 있는 듯 없는 듯 시키는 대로 하는 김 대리는 평화를 최고의 가치로 삼고 있고, 혹시 누가 마음에 상처받지 않을까 신경쓰는 신입은 관계가 곧 생명인 사람이다. 회의 안건이 무엇이든 저마다 처리하는 방법이 다르다.

성격(personality)의 어원은 페르소나(perzona)이다. 페르소나는 원래 배우가 무대에서 쓰는 가면을 뜻했는데, 현대에 이르러 사람이 사회적 필요에 의해 만든 얼굴까지 의미하게 되었다. 모두 인생이라는 무대에서 가면을 쓰고 살아간다. '나는 누구일까' 궁금해서 읽은 책에서 가면을 찾았다. 저자는 내가 쓴 가면이 무엇인지 알아야 그 가면을 벗을 수 있다고 말한다. 아홉 가지 성격 유형 모두 영 내 것 같지 않았다. '이건 정말 아니다' 싶은 몇 가지 유형 빼고 모두 내 안에 섞여 있었다. '나는 행복하다'가 인생 모토인 7유형이 나의 가면이라는 것을 알기까지 꽤 돌아왔다.

기록되지 않은 시간

나는 내가 1유형인 줄 알았다. 에니어그램 검사를 통해 찾았으니 의심하지 않았다. 1유형은 장형인데, 무엇보다 자신의 뜻이 중요하다. 어린 시절 생존 욕구가 해결되지 않아 힘이 장에 고착된 것이다. 1유형에 대한 설명을 읽으며 고개를 끄덕였다. 나는 일이 계획대로 풀리지 않으면 짜증이 났다. 육아는 무질서의 연속. 약속 시간에 맞춰 나가려는데 아이는 똥이 마려웠고, 집은 언제나 너저분했다. 처음 꾸몄던 신혼살림은 사라지고, 장난감과 스티커로 뒤덮였다.

육아 이전의 나의 시간은 모두 설명할 수 있다. 세세한 삶의 기록이 모두 다이어리에 남아 있다. 하지만 아이가 태어난 이후 다이어리를 쓰지 않았다. 나의 노력이 성과로 이어지지 않는 시간은 기록할 필요가 없었다. 1유형은 완벽을 추구한다. 나는 내가 화를 냈다는 사실에 또 화가 났다. 분노 역시 완벽을 그르치는 행동이기 때문이다. 결국 화를 냈을 때는 이렇게 말했다. "엄마는 화를 안 내고 싶어. 그런데 너희가 자꾸 싸우고, 어지르고, 떼를 쓰니까 엄마가 화를 낼 수밖에 없지. 엄마 말이 틀리니?" 완벽의 잣대에 가장 큰 피해자는 나였다. 내 안에서 내가 나를 기소하고, 판단했다. 끝없는 내면의 심판은 더 열심히, 더 올바르게 나를 내몰았다.

네가 아니었다면, 내가 '나'를 알았을까

에니어그램은 역동적이다. 각 유형 양 옆을 날개라고 하는데, 예를 들면 7유형의 날개는 6유형과 8유형이다. 유형의 화살은 성숙의 지표이다. 성장했을 때 이르는 방향과 미성숙했을 때 이르는 방향이 유형마다 다르다. 나는 이 역동성 안에서 헤맸다. 나는 8유형 날개를 썼고, 유형의 화살은 5유형으로 향했다. 1유형 안에서 설명할 수 없는 움직임이었다. 우연한 기회에 저자의 강의를 들었고, 고민을 털어놓았다. 이런 답이 돌아왔다. "그럼 7유형일 수도 있어요. 처음 배우는 마음으로 강의를 들어보세요."

나는 7유형이었다. 그제야 내가 선명해졌다. 7유형은 미성숙했을 때 1유형의 부정성을 띠고, 성숙했을 때 5유형의 긍정적인 모습을 보인다. 그동안 내 삶이 얼마나 미숙했기에 1유형이 나인 줄 알았을까. 결혼과 육아는 1유형의 미성숙함에 고착된 내가 5유형으로 옮겨 가는 일대 변화 사건이었다. 남편과 두 아이가 아니었다면, 내가 '나'를 알았을까. '내 말이 맞아'라며 8유형 날개로 고집을 부리면서, 이루지 못할 완벽에 사로잡힌 내가 그려졌다.

남편은 '정의란 무엇일까', '평화가 올까' 같은 추상적인 이야기를 좋아한다. 점심을 먹다가 남편이 말했다. "살기는 편해졌는데, 왜 사람들은 계속 힘들까?" 내가 장난 섞인 목소리로 말했다. "이제 진지한 얘기 좀 그만해요. 아, 지겨워." 나는 유쾌한 게 좋다. 여럿이 모인 자리에서 말 한 마디로 모두를 웃게 만든다. '지금 이 말하면 빵 터지겠는데?'가 눈에 보인다. 중고등학교 시절부터 그랬다. "난 엄마손 파이 말고 아빠발 파이가 더 좋아" 같은 시답잖은 농담을 하고, "아랫집 아줌마는 우리집 딸이 셋인 줄 알아. 내 동생, 화장한 나, 화장 안 한 나." 자학 개그도 서슴지 않았다.

언젠가부터 나에게 맞지 않은 옷을 입었다. "혜린아, 넌 입만 안 열면 괜찮아"라는 말을 들은 때부터였을까. 선생님에게 "수업 시간에 조용히 해"라는 꾸지람을 듣고부터였을까. '청순한 여인은 말이 없지.' 말을 아꼈다. 친한 몇에게만 보여주고, 나를 숨겼다. 어느 날 숨겨둔 나를 꺼내면 몇 년을 봐온 친구조차 "너 이렇게 웃긴 애였어?"라며 놀랐다. 내가 사라진 자리에 1유형의 완벽, 계획, 시간이 들어왔다.

사실 이것은 기도야. 하나님의 사랑의 빛 안에서 이렇게 하루를 돌아보는 것이 바로 '손으로 하는 기도'인 거지. 의식 성찰을 통해서 내가 마음의 잡초를 뽑고 또 뽑아낸다고 해서 더 이상 마음의 잡초가 나지 않는 것은 아니야. 내가 할 수 있는 일은 그저 저것이 잡초임을 아는 순간마다 뽑아내는 것뿐이지.(241쪽)

겨울에는 잡초가 없지만, 아무것도 자라지 않는다. 잡초가 자란다는 것은 꽃이 피고, 열매가 맺힌다는 증거다. 언제나 내 마음은 잡초투성이다. 절제하지 못하고, 고통을 피하는 7유형이 내 안에 있다. 좋은 것은 많을수록 좋다. 옥션 빅 스마일 데이가 시작되면 "다 우리 가족 거야"라며 택배 상자가 키만큼 쌓이도록 쇼핑을 한다. 한편 나는 유리 안에서 사람을 만난다. 필요 이상으로 잘 가까워지지 않는다. 상대가 내 고통을 알게 될까봐, 내가 상대의 고통을 보게 될까봐 두렵다. '나 이 정도면 괜찮지'라는 생각과 '난 정말 구제불능이야' 사이를 하루에도 몇 번씩 오간다. 오늘도 잡초를 뽑는다. 그렇게 나를 조금씩 알아간다.

우리가 어떤 사람을 미워한다면, 우리는 그의 모습 속에, 바로 우리들 자신 속에 들어앉아 있는 그 무엇인가를 보고 미

위하는 것이지. 우리들 자신 속에 있지 않은 것, 그건 우리를
자극하지 않아.

– 헤르만 헤세,《데미안》

　유독 불편한 사람이 있다. 고집 세고, 한 번 펼친 주장은 꺾
지 않으며, 상황 가리지 않고 자기 할 말 하는 사람. 그런 이와
는 아무리 오랜 시간 함께해도 가까워지지 않는다. 그런데 그
것은 내 모습이었다. 나를 다른 이에게서 마주할 때 나는 찔
리고 아팠다. 나에 대한 오해가 상대에 대한 오해로 이어졌다.
이제야 조금 선명하게 보인다. 나를 사랑하면서 그도 조금은
사랑하게 되었다.

정신실,《커피 한 잔과 함께하는 에니어그램》, 죠이선교회, 2014

8
흐린 날, 내 마음의 지도

세상 속, 3인칭의 나

우리는 인생이라는 무대를 걷는다. '내가 잘하고 있는 걸까', '저 사람은 나를 어떻게 생각할까' 아무에게도 마음 편히 이야기할 수 없다. 총 없는 전쟁터에서 서로의 가슴을 겨눌 뿐이다. 그럴 때면 소설을 편다.《가만한 나날》의 여러 인물 속에서 나를 본다.〈가만한 나날〉의 경진은 스스로 '프로'라는 주문을 건다. 별로 달갑지 않은 사람과도 "사회의 예절대로, 정말로 반갑다는 듯 인사를 나"누고(129쪽), 업무 성과를 위해서라면 거짓 행동도 서슴지 않는다. "사회생활이 그렇잖아. 사람들 시선이 그렇잖아. 남자들이 다 그렇잖아"라고(150쪽) 말하는 '드림팀'의 임 팀장도 마찬가지다. 임 팀장은 정작 자신의 아이 문제는 미뤄놓은 채 혹시 회사 일에 소홀할까 자신을 더 내몬다. 그렇다고 진정한 '프로'가 되는 날이 올까.

물론 세상을 정말 '프로'처럼 사는 사람도 있다. 사회인 페르소나가 곧 자신인 사람이다. 광고대행사에서 일하는 경진은 매일 "수십 개의 블로그에서 수십 명이 되어 리뷰를"(115쪽) 쓴다. 그곳을 자신에게 '최적화'된 직장이라 생각하며, "사무실 안에서, 능력 있는 직원으로 여겨지고 있다는"(110쪽) 사실에 안도한다. 하지만 경진은 곧 후회한다. 회사가 없어지면서 자신인 줄 알았던 사회인 페르소나까지 사라진 것이다. 임 팀장 또한 아이 문제로 회사를 그만두고 상담을 받으면서 직장 후배였던 선화에게 미안함을 전한다. 자신의 사회인 페르소나를 선화에게 그대로 강요했던 지난날에 대한 반성이었다. 팀장이라는 페르소나를 벗으니 그제야 자신이 보인 것이다.

당신 앞, 2인칭의 나

〈그건 정말로 슬픈 일일 거야〉의 연승은 "명랑하고 싹싹하며, 약간은 비굴한 하인의 모습"(20쪽)이다. 버릇처럼 "다 괜찮아요"라고 말하지만, 연승이 괜찮지 않다는 것을 오랜 연인

진아는 알고 있다. 우리는 보통 가족이나 연인 앞에서 다른 페르소나를 쓴다. 사회에서 '그'라는 3인칭의 사회인 페르소나를 쓴다면, 가족이나 연인 앞에서는 '너'라는 2인칭의 페르소나를 쓴다. 연승은 진아에게만 종종 속마음을 말했는데, 진아는 생각지 못한 뜻밖의 것이었다.

나도 연승처럼 밖에서는 제법 예의 바르고 합리적인 사회인이다. 하지만 집에서는 누군가에 대한 험담을 늘어놓고, 사소한 문제로 언성을 높인다. 3인칭의 페르소나보다 2인칭의 페르소나가 덜 무겁고 헐거운 탓이다. 한 겹 벗은 페르소나를 보여줄 수 있는 사람이 나에게도 있다. 나를 누구보다 잘 알고 이해하는 남편. 곱게 단장한 모습만 보였던 남편 앞에 이제는 늘어진 티셔츠를 입고 맨얼굴로 선다. 핏기 없는 얼굴을 보고 그가 "누구세요?"라고 놀리면 나는 "당신 배는?"이라며 웃는다. 아이들이 잠든 밤이면, 마음 한구석에 걸려 있던 이야기를 꺼낸다. "나한테 왜 그런 표정으로 말했는지 모르겠어." 아무에게도 말하지 못한 사소한 일이다. "그 인간 정신이 나갔네." 무심한 듯 뱉은 그의 말이 참 따뜻하다.

〈우리가 물나들이에 갔을 때〉의 루미와 '나'도 그렇다. 루미는 '나'의 복잡한 가족사를 알고도 별 문제 삼지 않는다. 나

서서 전기장판을 고르고, 홀로 사는 '나'의 아버지를 함께 찾아간다. "그녀가 없으면 일상생활이 곤란해질 것"(161쪽)이라 말하는 '나' 또한 마찬가지다. '나'의 아버지는 루미가 이기적이라며 못마땅해 하지만, '나'는 "아빠, 난 재 없으면 안 돼요"(175쪽)라며 루미를 감싼다. 하지만 '나'는 종종 루미가 떠나는 상상을 한다. 아버지처럼 자신 또한 버림받을 수 있다는 생각 때문이다. 2인칭 페르소나가 조금 가볍긴 하지만 온전한 나는 아니다.

나도 사랑하는 이가 멀게 느껴지는 날이 있다. 남편에게 건넨 마음 깊은 곳의 이야기가 늘 핑크빛으로 끝나지는 않는다. 그저 들어주길 바랐는데, 생각지 못한 조언과 충고가 돌아오곤 한다. "그건 그렇게 생각하면 안 되지." 나의 실수와 잘못이 드러나고 내 생각과 부딪힌다. 생각지 못한 싸움으로 이야기가 끝난 뒤에야, 마음의 맨얼굴을 후회한다. 다시 한 겹 덧씌운다. 나를 가장 잘 이해하는 사람 앞에서조차 모두 벗어서는 안 된다. 〈현기증〉의 원희처럼 "자신의 괴로움을 숨"길(63쪽) 줄 알아야 한다. 잠시 나인 줄 알았던 당신이 결국 너라는 사실을 알고, 반쯤 숨기고 반쯤 드러낸 2인칭의 페르소나를 쓴다.

홀로, 1인칭의 나

〈얕은 잠〉의 미려는 연인인 정운에게 모든 것을 의지한다. 몇 번 가본 길도 정운 없이는 헤매며, 자신의 의지와 상관없이 정운이 좋아하는 일을 한다. 서핑을 하다 잠이 들어 알 수 없는 곳에 도착한 미려는 머릿속이 새하애진다. 하지만 문제가 해결되자 정운이 없음에 오히려 편안함을 느낀다. 그것은 곧 이별, 2인칭의 페르소나가 불편해지면 관계는 깨진다. 반면 원희는 중고 가전을 사려는 상률에게 "이런 거지같이 크고 무거운 것들을 사겠다고?"(78쪽)라고 소리친다. 원희는 자신을 숨기기도 하지만, 필요한 순간에는 마음의 밑바닥을 보인다. 그러기에 원희는 원치 않는 이사를 했어도 상률과 헤어지지 않는다.

결국 삶은 스스로의 몫이다. 누군가 옆에 있어도 텅 빈 마음이 있다. 그럴 땐 2인칭의 페르소나까지 벗어야 한다. 원희는 "궁지에 몰릴 때면 속에서 어린아이가 튀어나"온다고(84쪽) 말한다. 아무렇지 않은 듯 웃고 있는 내 안에도 '어린아이'가 있다. 며칠 전, 유치원에 가기 싫다고 떼쓰는 다섯 살 아들을 혼냈다. 한참을 울던 아이가 입을 열었다. "안아줘." 순간 마음이 녹았다. 내 안에도 그저 안아주길 바라는 아이가 있기에. 아들

을 품에 안고 생각했다. '넌 울고 싶을 때 울고, 안기도 싫을 때 안아달라고 할 수 있어 참 좋겠다.'

내 안의 '어린아이'에게 말 건다. 보잘 것 없고, 괜찮지 않다. 고개만 끄덕일 뿐 남의 말 안 듣고, 겉으로 웃으며 속을 끓이고 있다. 무심한 척하지만 다른 이의 이목에 민감한 아이다. 들여다볼수록 어지럽다. 하지만 자신에게조차 1인칭의 페르소나를 보여주지 못하면 삶의 길을 잃고 만다. 책은 '마음의 지도'이다. 글을 따라 마음을 걸으며 나를 한겹 한겹 벗긴다. 열망, 분노, 외로움이 깃든 나의 페르소나가 세상 속에서, 당신 앞에서, 혼자일 때 모두 다르다. 모두 내가 아니지만 또 나이다.

김세희, 《가만한 나날》, 민음사, 2019

나를 사랑하지 않으면 누구도 사랑할 수 없다

그대들은 함께 태어났으니 영원히 함께하리라.

죽음의 흰 날개가 그대들의 날들을 흩어 버릴 때에도 함께

있으리라.

그렇다, 신의 말 없는 기억 속에서도 그대들은 함께 있으리라.

그러나 함께 있되 거리를 두라.

그래서 하늘 바람이 그대들 사이에서 춤추게 하라.

서로 사랑하라. 그러나 사랑으로 구속하지는 말라.

그보다도 그대들 혼과 혼의 두 언덕 사이에 출렁이는 바다를

놓아두라.

서로의 잔을 채워 주되 한쪽의 잔만을 마시지 말라.

서로의 빵을 주되 한쪽의 빵만을 먹지 말라.

함께 노래하고 춤추며 즐거워하되 서로는 혼자 있게 하라.

마치 현악기의 줄들이 하나의 음악을 울리지만 줄은 서로

따로이듯이.

서로 가슴을 주라. 그러나 서로의 가슴속에 묶어 두지는 말라.

사원의 기둥들도 서로 떨어져 있고, 참나무와 삼나무도 그늘
속에서는 자랄 수 없으니.

– 칼릴 지브란, 〈결혼에 대하여〉

장범준이 노래했다. "흔들리는 꽃들 속에서 네 샴푸향이 느
껴진 거야." 남편이 말했다. "네 머릿결이 스칠 때마다 홍삼 냄
새가 나." 아이를 낳고 홍삼 샴푸를 쓰기 시작했다. 선물로 받
았는데 탈모 방지도 되고 좋았다. 지인 결혼식에서 멋진 턱시
도를 입은 신랑이 축가로 '꽃길만 걷게 해줄게'를 불렀다. 부
러웠지만 한편으로 웃겼다. '인생이 어떻게 꽃길만 있을까.
오르막길이라면 모르지.' 남편은 밤마다 트레이닝복 차림으
로 '오르막길'을 부른다. "더 이상 오를 곳 없는 그곳은 넓지
않아서 우린 결국엔 만나 오른다면~" 나는 아이를 씻기며 '그
게 삶이지, 그럼.' 고개를 끄덕인다. 결혼 8년 차 부부의 모습
이다.

남편은 나를 먼저 좋아했고, 오랫동안 기다렸다. 그는 언제
나 사랑을 주고, 어떤 일도 이해해주는 사람이었다. 결혼 후
한참 지나 내가 잘못 생각했다는 것을 깨달았다. 채우지 못한
아버지의 사랑을 꿈꾸고 있는 내가 보였다. 칼릴 지브란이 말

했다. "서로의 잔을 채워 주되 한쪽의 잔만을 마시지 말라. 서로의 빵을 주되 한쪽의 빵만을 먹지 말라." 그런데 그의 잔과 빵을 받기만 바랐다. 아마 그는 텅 비었을 것이다. 그도 사랑과 이해가 필요한 사람이었다.

남편은 야구를 좋아한다. 아이가 어렸을 때 남편은 야구를 보지 않았다. 언젠가부터 스마트폰으로 틈틈이 보더니, 이제는 거실 텔레비전으로 모두 함께 본다. 두 아이도 경기 규칙을 제법 안다. 일곱 살, 다섯 살 아이들이 "박병호, 홈런!"이라며 뛸 듯이 좋아하고, "아, 삼진 당했어"라며 고개를 숙인다. 아침에 일어나 남편이 "어제 졌어"라고 말할 때면 무슨 큰일이 난 사람 같다. 야구가 뭐라고. 딸아이가 말했다. "아빠, 요키시처럼 수염 길러 봐." 열흘쯤 수염을 길렀지만 그 느낌은 나지 않았다. 노트북을 삼성과 LG 중 어떤 걸로 살까 대화를 나누고 있었다. 아들이 말했다. "키움 걸로 사."

제부가 작년에 기아 팬 은퇴 선언을 했다. 하지만 제부는 여전히 기아 경기를 보고, 관련 뉴스를 검색한다. 좋아하던 야구팀을 바꾸는 것은 부모를 바꾸는 것만큼 어려운 일이다. 남편이 말했다. "나는 야구를 좋아하는 게 아니라, 키움을 좋아하는 거야." 남편은 메이저리그의 선발 투수보다 키움의 불펜

투수가 더 좋단다. 키움이 왜 좋냐는 질문에 남편이 답했다. "난 키움을 알아. 그들의 경기 매너, 마음가짐 모두 좋아." 누군가에 대해 알게 되면 쉽게 돌아설 수 없다.

사랑은 서로를 알아가는 것이다. "지금 당신이 그리고 있는 동그라미가 너무 삐뚤빼뚤해요. 당장 지우고 나처럼 다시 그려요." 상대의 그림에 손을 대서는 안 된다. 최근 한 고등학생 연인을 보고 놀랐다. 사생활이 전혀 없는 교제를 하고 있었다. 상대의 휴대폰을 검열하고, 서로 SNS 비밀번호까지 알아 일거수일투족을 감시했다. 사랑일까 집착일까. 사랑한다면 한 걸음 떨어져야 한다. '아, 이런 사람이구나.' 있는 모습 그대로 알아가야 한다.

결혼 생활도 연애와 비슷하다. 약속하지 않아도 매일 만나는 아주 길고 지루한 연애. 남편과 나는 가끔 싸우고, 더 깊이 사랑하며, 서로를 알아갔다. 남편은 안다. 내가 어느 지점에서 화를 내는지, 무엇에 활짝 웃는지 말이다. 나도 안다. 남편이 어떤 점을 불편해하고, 또 어느 순간 고마워하는지 말이다. 결혼 초 꿈을 꾸면 나는 싱글이었다. 하지만 이제는 꿈에서도 그가 내 남편이다. 무의식이 그와 결혼하는 데 5년이 걸렸다.

설거지를 하다가 그릇이 그릇 위로 떨어졌다. 도자기는 도자기와 부딪치면 금이 간다. 어느 날 그릇을 바닥에 떨어뜨렸는데 멀쩡했다. 낙차가 더 컸는데 도자기는 나무 위에서 깨지지 않았다. 내가 도자기라면 남편은 나무 바닥이라고 해야 할까. 남편은 내가 쨍그랑 떨어져도 나무처럼 받아준다. 덕분에 나는 다치지 않는다. 그의 가슴에 찍힌 상처의 자국이 이제 조금씩 보인다.

내가 말했다. "당신 살이 빠지니까 머리숱도 많아 보여." 그는 앞모습보다 옆모습, 배보다는 날선 콧날이 멋지다. 내가 새로 산 옷을 입고 나오자 남편이 말했다. "그거 있는 옷 아니야?" 남편은 내가 화장을 하고, 돈 벌러 나갈 때 가장 예쁘단다. 짓궂은 농담을 주고받아도 서로 마음이 상하지 않는다. 함께한 시간이 우리를 부드럽고 단단하게 만들었다. 우리는 서로 사랑하지만 구속하지 않는다. 같이 노래하고 춤추지만, 철저히 혼자가 되는 시간이 있다. 서로 자랄 수 있도록, 조금 떨어져 서로를 알아간다.

세 번째 책장

엄마도 울고 싶다

1
육아서에서 길을 잃다

왜 우리나라에서는 아이가 떼 부려도, 짜증내고, 지나치게 수줍어해도 다 이해하고 수용하라는 육아 방식이 지배적인 지, 왜 아무리 힘들게 해도 이해하고 배려하는 엄마를 '좋은 엄마'로 정의하는지, 왜 훈육을 가르침이 아닌 학대로 생각하는지.

– 정윤진,《아이의 떼 거부 고집을 다루다》

육아가 무엇인지 알았다면 아기를 낳았을까. 어미 개가 젖을 물리듯, 나도 쉽게 젖을 물릴 줄 알았다. 신생아실에서 이미 분유에 익숙해진 아기는 내 젖을 빨지 않았다. 땀을 뻘뻘 흘리며 빨아도 나오는 것은 별로 없었을 터, 아기는 울었다. 낮에는 잘 안 먹는 모유를 먹이느라, 밤에는 퉁퉁 부은 가슴에서 젖을 짜느라 나도 울었다. 모유 전쟁은 두 달 만에 나의 승리로 끝났고, 15개월 동안 아기와 나는 한몸이 되었다.

아기는 미숙했다. 코도 못 팠고, 자신의 손을 보고 놀랐다. 아기가 킁킁대면서 우는 이유가 코딱지 때문이라는 것을 몰랐다. 소아과에 다녀오고 밤마다 유축기로 콧물을 뺐다. 아기는 언제 자고 일어나야 하는지도 알지 못했다. 새벽 세 시에 눈을 말똥말똥 떴다. 미숙한 것은 나도 마찬가지였다. '눈곱은 왜 끼지?', '손톱은 어떻게 깎지?', '왜 밤에 울지?' 사소한 질문에 답해줄 사람이 없었다.

사람마다 아기 보는 방식이 다르고, 나름의 근거가 있었다. 젖병은 세제로 닦지 말고 끓는 물에 삶아라, 애를 바닥에 눕히면 어떡하냐, 젖이 부족하니 분유 줘라, 가끔 서로의 방식이 충돌했다. 그때부터 의학 상식 육아서를 읽었다. '우는 이유가 뭘까?' 돌 무렵부터는 아이 심리 백과와 아이를 변화시키는 방법이 담긴 육아서도 보기 시작했다.

우리는 아동기의 경험이 말 그대로 우리 몸속으로 스며들어 뇌의 발달에 영향을 미치는 것은 물론, 심장혈관 체계, 면역 체계, 신진 대사 체계의 발달에까지 영향을 미치고 있다는 사실에 비로소 눈을 뜨게 되었다.

- 잭 숀코프 박사(하버드대 아동발달센터 소장)

자연 분만을 했고, 모유 수유도 했으니, 마지막 과제는 애착 형성이었다. 아이의 생리적 욕구에 민감하게 반응했다. 하지만 앎은 부족했고, 몸도 따라주지 않았다. 아무리 달래도 계속 울면 발버둥치는 아기를 침대에 내려놓았다. 자다가 아기에게 젖을 물리는 것도 좀처럼 익숙해지지 않았다. 그 경험이 아이의 뇌 발달과 건강에 영향을 미친다는 말은 무서웠다. 혹시 나의 행동이 아이에게 나쁘게 작용하지 않을까. 육아라는 살얼음판을 걸었다.

뒤집기 성공이라는 경이로움도 잠시, 다음 날부터 나는 아무것도 할 수 없었다. 설거지하다 보면 뒤집어 있고, 빨래하다 보면 뒤집어 있고, 아기를 다시 뒤집느라 정신이 없었다. 기기 시작하면서 집은 아수라장이 되었다. 신발을 집 안으로 옮기고, 화분의 흙을 쏟고, 싱크대 안에 있는 그릇들을 꺼냈다. 그 무렵 아기는 식탁에서 오감 체험을 시작했는데, 아이 얼굴과 옷은 음식 범벅이 되었다. 나와 남편은 반찬을 한쪽으로 몰아놓고 겨우 밥을 먹었다. 그 무렵 영유아 검진을 갔더니 의사가 밤중 수유를 하는지 물었다. 그렇다고 했더니 "그건 아기한테 정말 안 좋아요. 엄마 편하자고 자꾸 물리면 제대로 잠을 못 자요. 키도 안 크고….” 도대체 어쩌란 말인가.

두 돌 무렵, 새로운 문제가 시작됐다. 아이가 자기 뜻대로 되지 않으면 짜증을 내고 떼를 썼다. 뽀로로 숟가락을 찾겠다고, 스스로 물을 따르겠다고, 분홍 드레스만 입겠다고, 아침부터 울었다. 육아서는 그럴 때 따뜻하게 달래주라고 한다. 자기 스스로 무언가를 해보는 경험이 긍정적인 자아상을 만들고, 그것이 곧 세상을 사는 데 꼭 필요한 자신감으로 이어진다고. 정말이지 아이를 키우는 것은 나를 완전히 쏟아붓는 일이었다.

심리 백과에 나온 대로 아이를 존중했다. “그래, 잘 안 되니 속상하겠다.” 마음을 읽어주며, ‘내가 참으면, 아이도 배운다고 했어’라며 스스로를 다독였다. 변한 나를 보고 남편이 “은혜 받았니?”라고 묻기도 했다. 그러나 유효 기간은 짧았다. 자려고 누웠는데 ‘내가 종인가, 식모인가’ 마음이 어지러웠다. 아이의 감정과 행동을 헤아리다 정작 내 마음 둘 곳을 잃었다. 이틀 만에 원래대로 돌아온 내가 한심했다. 육아서의 엄마와 현실의 나는 너무 달랐다. 육아서 저자는 정말 그렇게 아이를 키웠을까.

한 걸음 떨어지니 이제야 보인다. 그 시절 무엇이 그리 힘들었는지. 나는 실패자의 인생을 살았다. '내 인생이 이대로 끝날 수 없어. 어서 무언가를 해야 해'라며 나를 내몰았다. 여건은 따라주지 않았고, 모든 것이 버거웠다. 한편 나는 모성을 오해했다. 애착 육아가 불편했지만, 지키려고 안간힘을 썼다. 아이의 요구를 들어주다가 끝내 화를 냈다. 떼를 쓰는 아이 앞에서 이성을 유지하는 것은 현실적으로 불가능했다. 엄마에서 벗어나고 싶은데, 정작 그 자리도 잘 지키지 못하는 괴리감이 나를 눌렀다. 아이도 그런 나를 아는 듯했다.

편집한 육아는 아름답다. 삼둥이는 2014 KBS 연예 대상을 수상하며 온 국민의 사랑을 받았다. 송일국은 자전거에 수레를 연결해 세 아이와 함께 센트럴 파크를 달렸고, 민국이는 선한 눈망울을 깜박이며 '작은 별' 동요를 불렀다. 삼둥이가 새우, 만두를 먹는 모습만 보아도 흐뭇했다. 하지만 보이는 게 다일까. 과연 송일국 혼자 자전거와 수레, 아이 셋을 모두 챙기는 게 가능할까. 먹고 난 뒤 옷과 식탁은 누가 치웠을까. 나도 편집하면 꽤 괜찮은 엄마인데. 다만 일상을 동일한 수준으로 유지하는 데 무리가 있을 뿐.

아기는 신비롭다. 아이와 처음 눈을 맞췄을 때, 처음 '아오'

옹알이를 했을 때, 그 안에 우주가 담겨 있는 기분이었다. 작고 여린 생명을 지키기 위해 부단히 노력했다. 하지만 엄마를 배우기 위해 육아서를 읽다 그만 길을 잃었다. 좁고 어두운 터널을 끝없이 달리는 기분이었다. 이제 안다. 먼저 '나'를 찾았어야 한다고, 그랬다면 내가 깊어진 만큼 아이를 이해했을 것이라고. 아이는 소리치지 않고 변화시키는 존재가 아니라, 때론 소리 질러도 이해하는 존재이다.

2
모두 퇴근하면 엄마는 출근한다

하루키와 나는 닮았고 또 다르다. 하루키가 하루에 20매씩 담담하게 원고를 쓰는 동안 나 역시 담담하게 아일랜드 식탁을 치우고 밥을 짓는다. 반 년이 지난 후 하루키에게는 3600매의 원고 뭉치가 남고 내게는 여전히 커다란 아일랜드 식탁이 놓인 주방이 있다.

－ 라문숙,《전업주부입니다만》

집안일은 엄마의 몫이었다. 더러운 옷이 저절로 깨끗해지고, 어지럽힌 방도 알아서 말끔해졌다. "엄마, 밥 줘" 말하면 저녁상이 뚝딱 차려졌다. 그 시절 나는 라면 물도 못 맞추고, 달걀프라이를 만들다가 스크램블로 먹었다. 대신 언제나 책상을 지켰다. 영어 단어를 외우고, 수학 문제를 푸는 것이 유일한 인생 과제였다. 그러던 내가 스물여덟에 결혼을 했다. 한 번도 꿈꿔본 적 없는 아내, 엄마의 삶이 시작됐다.

어린 시절 "엄마, 나 왔어"라며 집에 들어섰을 때 아무도 없으면 속상했다. 상을 받으면, 집에 가서 자랑할 생각에 하루 종일 엉덩이가 들썩였다. 그런 유년기를 보내고도, 나는 '나'로 빛나고 싶었다. 친구가 "나는 좋은 엄마가 되고 싶어"라고 말하면 고개를 저었다. 현모양처는 바보 같은 꿈이었다. "남녀 평등 시대, 배울 만큼 배운 여자가 결혼하고 집에만 있는 건 인력 낭비야"라는 말에 고개를 끄덕였다. 그런데 내가 전업주부로 5년을 살다니.

대학 시절 과외를 하면서 봤던 맞벌이 가정은 이랬다. 밥솥에는 72시간 된 밥이 있고, 식탁 위에 인스턴트 음식이 가득했다. 아이는 혼자 통조림과 3분 요리, 컵라면과 삼각 김밥 등으로 저녁을 때웠다. 가끔 용돈을 받으면 치킨이나 피자, 자장면이나 돈가스를 시켜 먹었다. 주로 컴퓨터와 TV, 휴대폰으로 시간을 보냈고, 햄스터나 토끼, 강아지를 키우기도 했다. 집은 지저분했고, 빨래는 산더미였다. 어쩔 수 없는 사회 현실이라며 넘기기에 아이는 너무 작고 어렸다. 내가 꿈꿨던 워킹맘의 현실이었다.

3년 전부터 도서관과 초등학교에서 그림책, 글쓰기 관련 강의를 한다. 보통 10시에 출근하고 4시에 퇴근한다. 전업주부와 워킹맘 중간쯤이다. 워킹맘 친구 이야기를 들으면 감탄이 절로 나온다. 초과 근무를 할 때면 새벽에 출근을 한단다. 휴일 새벽 6시에 사무실 문을 열면 비슷한 처지의 워킹맘들이 앉아 있다고 했다. 야근보다 새벽 근무가 나은 셈이다. 아이가 아플 때 워킹맘은 죄인이 된다. 회사, 어린이집 모두에게 "죄송합니다" 고개를 숙여야 한다.

　얼마 전 나와 비슷한 또래 엄마들과 함께 영화를 봤다. 점심으로 파스타를 먹고, 커피를 마셨다. 순간 생각했다. '우리 맘충이네. 평일 오전에 이렇게 돌아다니면 맘충이 소리 듣지.' 커피는 테이크아웃 했다. 4시 유치원 하원 시간에 맞춰 집에 가야 했다. 전업주부는 보통 오전에 만나서 영화 보고 밥 먹고 차를 마신다. 모두 직장에서 바쁘게 일하는 시간이다. 그러면 엄마도 퇴근 시간 이후에 약속을 잡아야 할까.

　모두 집에 오면 엄마는 출근한다. 유치원도 사회생활, 집에 온 아이는 괜히 떼를 쓴다. 손 씻는 것으로 실랑이를 벌이고, 만나자마자 싸운다. 저녁 주문도 제각각이다. "엄마, 나는 달걀프라이 흰자랑 노른자 따로 해줘.", "삼겹살 까까(비계를 바

싹 구운 것) 먹고 싶어." 저녁 먹는 중에도 "엄마, 물", "엄마, 케첩", "엄마, 먹여 줘" 식당 종업원이 따로 없다. 먼저 먹이고 식은 밥과 반찬을 먹고 있으면 아이는 놀아달라며 매달려 목을 조른다. 밥 먹을 때는 개도 안 건드린다는데.

설거지를 하고, 집안 정리를 한다. 여덟 시, 이제 씻기만 하면 된다. 아이 둘은 신기하게 하루 종일 싸우다가 자기 직전에 너무 오붓한 남매가 된다. 둘째가 "누나야" 부르면, 첫째는 "우리 신비아파트 놀이 하자" 답한다. 아홉 시가 목표지만, 늘 열 시가 다 되어 잠에 든다. '애들 재우고 일어나서 마저 글 써야지', '드라마 몰아 봐야지', '인터넷 쇼핑 해야지' 생각하지만, 일어나면 아침이다. 가끔 새벽에 일어나면 어떻게 알았는지 아이가 "엄마, 엄마" 부른다. 꼼짝 없이 다시 들어가 옆에 누워 있어야 한다.

누군가 나에게 "엄마로 사는 거 어때?"라고 묻는다면, "좋아"라고 답할 것이다. 육아를 지옥이라고 말하기에 생명은 아름답고 신비하다. '사랑스러운 미치광이'라고 할까. 주일을 앞두고 둘째가 갑자기 울먹였다. "나 사람들이 만질까 봐 교회 가기 싫어." 낯가림이 심한 둘째는 누가 인사를 하면 뒤로 숨는다. 내가 말했다. "다 네가 귀여워서 그러는 거야." 한참을 생각하던 둘째가 말했다. "난 왜 이렇게 귀엽게 태어난 거야?" 귀여움은 아이가 울고, 떼쓰고, 고집 부려도 참고 키우라고 준 신의 선물 아닐까.

어린 시절, 엄마는 원래 엄마로 태어난 줄 알았다. 아기가 왜 우는지 단번에 알아차리고, 똥 냄새쯤은 아무것도 아닌 듯 기저귀를 척척 갈고, 수월하게 목욕시키고 옷도 갈아입히는 원래부터 엄마인 사람 말이다. 하지만 내가 엄마가 되고 보니, 처음부터 엄마인 사람은 없다. 이유 없이 우는 아기를 붙잡고 나도 같이 울었고, 기저귀를 갈다가 똥 세례를 받은 적도 여러 번. 목욕시키려면 우는 아이 앞에서 어쩔 줄 몰랐고, 버둥거리 는 아기에게 옷 입히기도 쉽지 않았다.

지하철을 탔다. 백일쯤 된 아기를 안고 있는 엄마를 보았다. 잘 놀던 아이가 찡얼거렸다. 엄마는 자리에서 일어나 발을 이 리저리 옮기며 몸을 흔들었고, 아이는 다시 편안해졌다. 그 모 습이 꼭 나 같았다. '저 사람도 저렇게 엄마가 되어가는 중이 구나. 아기가 못마땅한 표정을 지으면, 앞에서 딸랑이를 흔들 어도 보고, 품에 안아도 보고, 젖도 물려보고, 기저귀도 갈아 보며, 서로를 알아가겠지. 그렇게 엄마가 되어가겠지.' 나도 매일 엄마가 되어가는 중이다.

3
내 안의 오랜 소녀

문득 인생의 절정이 놓여 있는 순서를 바꾸고 싶단 생각을
한다. 계절의 순서, 나이를 먹는 순서, 요일의 순서처럼 우리
가 당연하다고 믿는 것들을 말이다. 그것이 도무지 실현 불
가능하다는 걸 알면서도, 자꾸, 자꾸만 이런 엉뚱한 상상들
을 하게 된다. 빨강머리, 내 안의 오랜 소녀가 아직도 살아 있
는 것처럼.

– 백영옥,《빨강 머리 앤이 하는 말》

두 아이는 할머니와 숨바꼭질 하는 것을 좋아한다. "꼭꼭
숨어라. 머리카락 보일라." 첫째가 숫자를 세는 동안 친정 엄
마는 식탁 밑에 숨었다. 엄마의 몸이 키득키득 들썩였다. "할
머니, 여기"하고 잡히자 엄마가 재밌어서 뒤로 넘어갔다. 그

런 엄마의 모습이 낯설었다. '엄마도 저렇게 웃을 수 있는 사람이구나.' 신기했다. 엄마는 늘 표정 없이 밥을 하고, 청소를 하고, 빨래를 했다. 어려서부터 엄마와 살갑게 포옹을 한 적도 없었다. 무덤덤한 서로의 성격 탓. 그런 엄마가 아이들과 노는 모습이 소녀 같았다.

서울숲으로 '빨강머리 앤 전시회'를 보러 갔다. 엘리베이터를 기다리는데 나이 지긋한 아주머니가 혼자 다가왔다. "빨강머리 앤 전시회 어디서 해요?" 우리 엄마 나이쯤 된 듯했다. '무엇이 그녀를 이 낯선 곳에 홀로 오게 했을까.' 문득 궁금했다. 전시회를 보러 온 사람은 대부분 여성이었다. 엄마 손 잡고 온 꼬마 아이, 삼삼오오 모여 온 대학생도 있었고, 평일 오전이라 그런지 내 또래 여성이 가장 많았다. 여자 친구와 데이트를 하러 온 남자도 몇 있었다. 모두 자기 안의 오랜 소녀를 만나러 왔을까.

살아 있는 것만으로 충분하던 시절이 있었다. 찜찜해서 울면 기저귀가 바뀌었고, 팔을 버둥거리면 박수를 받았다. 웅얼웅얼 소리 내면 밥이 왔고, 눈을 비비면 안아주었다. 그 품에 안겨 잠에 들었다. 아기는 자라 소녀가 되었고, 그 시절을 잊었다. 문을 닫고 방으로 들어갔다.

나에게도 소녀 시절이 있었다. 삶이 아름답다가도, 어떤 날은 무턱대고 슬펐다. 가을밤이면 별을 헤아렸다. 별 하나에 사랑과, 별 하나에 나와, 별 하나에 너, 선배의 어설픈 미소가 떠올랐다. 늦은 밤까지 발표회 연습을 하고, 한 선배가 나를 집까지 바래다주었다. 나는 쿵쾅거리는 가슴을 들키지 않으려 발걸음을 재촉했다. '나 같은 사람도 누가 좋아해줄까.' 가끔은 존재 자체가 고아처럼 흔들렸다. 얼마 후 선배는 다른 아이와 사귀기 시작했다. 그 밤이 미웠다.

소녀는 엄마가 되었다. 가을밤 아이를 재우고 밖으로 나왔다. 별을 보는데, 아이가 "엄마, 엄마!"하고 불렀다. 나는 별을 헤지 못하고 다시 이불 속으로 들어갔다. 아이는 두 발을 내 배에 올렸고, 금세 잠들었다. 나는 두 아이 숨결 속에서 까만 밤을 바라보았다. 혼자 자고, 혼자 꿈꿨던 시간이 그리웠다. 외로움이 절실했다. 홀로 앉아 있던, 혼자 울고 웃던 내 책상이 떠올랐다. 하지만 난 이미 엄마이고, 어른이었다.

나이가 들면서 마릴라와 매튜에게 눈이 간다. 엄격한 원칙주의자인 마릴라와 수줍음 많은 매튜가 모두 내 안에 있다. 앤은 자신감 넘치는 명랑 소녀이지만, 주근깨에 빼빼 마른 콤플렉스 덩어리이다. '사과나무 가로수 길'을 지나며 '기쁨의 하얀 길'이라는 이름을 짓고, 창밖에 있는 벚나무가 매일 피어 있는 상상을 한다. 하지만 앤은 "머리칼이 빨간색인 사람은 누구도 완벽하게 행복할 수 없어요"라며 머리를 검게 물들이려다 초록 머리가 된다. 나 또한 마찬가지다. "그럴 수도 있지" 넉넉한 마음으로 받아주다가도, "이건 너무 심하잖아"라며 쏘아붙인다. 너무 다른 나, 내 안에 두 사람이 있다. '그 둘 모두 나구나' 깨닫자, 어른의 시간이 시작되었다.

밥을 먹으려는데, 첫째가 미역국이 너무 싱겁다고 짜증을 냈다. 달래다가 아이와 함께 방으로 들어갔다. 문제는 미역국이 아니라, 마음 같았다. 밥을 먹기 전, 첫째가 문을 잠그고 책을 읽고 있었다. 궁금한 둘째는 문을 두드렸고, 나는 잔소리를 했다. 첫째를 품에 안고 "동생이 쫓아다니고 엄마한테 혼나서 그래?" 물었다. 첫째 눈에서 눈물이 뚝뚝 떨어졌다. 미역국이 싱거웠던 게 아니라, 첫째 마음이 너무 짰던 것이다. 눈에 보이지 않던 것들이 보이고, 귀에 들리지 않던 것들이 들린다. 소녀일까, 어른일까.

지난 겨울 고등학교 친구 여섯이 모였다. "너 코 풀었던 휴지 책상 서랍에 늘 가득했잖아.", "빼빼로 데이라고, 짝사랑 선배한테 빼빼로 11개 비닐봉지째로 줬던 거 기억나?", "강타 음주 운전해서 구속됐을 때, 온종일 책상에 엎드려 있었는데….” 그 시절 우리는 쉽게 싸우고, 오해했던 만큼 쉽게 웃고, 이해했다. “우리 졸업식 날 기억나?” 우리는 졸업식 날 치킨을 사서 호프집에 들어갔다. 세상 물정 몰랐던 우리를 호프집 사장은 혼내지 않았다. 2차로 간 노래방에서 공일오비의 ‘이젠 안녕’을 부르며, 영영 못 볼 것처럼 울었다. 그 시절 이야기를 하니, 여전히 우리는 소녀인데 껍데기만 아줌마가 된 기분이었다. “너 정말 그대로다”라는 말이 입에 발린 칭찬이 아니었다.

매튜 아저씨가 앤에게 말한다. “네 모든 낭만을 포기하지는 말아라, 앤. 조금은 낭만적인 게 좋아. 물론 너무 지나치지 않다면 말야.” 봄눈이 내린 날이었다. 도로 위 눈은 말끔히 녹고 산과 나무에만 남았다. 한겨울의 눈은 모든 것을 덮지만, 3월의 눈은 사물의 형상을 있는 그대로 남겼다. 나무, 건물, 산이 얇고 하얀 눈으로 빛났다. 차를 타고 가며 넋을 놓고 창밖을 보는데 둘째가 말했다. “우리 집에 가서 눈싸움 하자.” 내가 답했다. “우리 동네엔 눈이 안 왔어.” 둘째가 말을 이었다. “그럼 여기 있는 눈 가지고 가자. 바구니 주면 내가 담을게.” 내 안의 오랜 소녀를 만났다.

4

어디 울 곳이 없었다

아이들을 보살펴줄 엄마 역할을 할 수 있다는 피터 팬의 말에
홀리듯 네버랜드로 따라나선 웬디는 그곳에서 아침부터 밤
까지 천방지축 아이들의 뒤치다꺼리를 하느라 눈코 뜰 새 없
다. 피터 팬과 네버랜드 아이들, 거기에 동생 존과 마이클까
지 돌봐야 했으니 거의 중노동 수준이다. 요리를 하느라 줄곧
솥단지 앞에서 떠날 줄 모르고, 바느질을 하느라 잠 잘 시간
도 모자란다. 하지만 웬디는 엄마 역할을 힘들어 하기는커녕
'아주 멋진 일'이라며 즐겁게 받아들인다.

– 최현미 · 노신회,《우리가 사랑한 소녀들》

할머니가 두 아이를 보며 말했다. "우리 애 키울 때는 애 안
고 있을 시간이 없었어. 젖 먹이는 시간도 아껴서 일해야 먹고

살 수 있었던 시절이야." 내가 물었다. "아기 혼자 놔두면 안 울어요?" "울지. 그러다 그치기도 하고, 또 울고… 그러는 거야. 일하고 들어와서 누워 자면 알아서 젖 먹고 가고 그래." 할머니 삶과 견주면, 나의 아픔은 배부른 시대의 푸념이었다. 일제 강점기, 살기 위해 창씨개명을 하고, 전쟁 속에서 죽음을 보고, 먹고 살기 위해 온갖 일을 했던 삶. 그에 비하면 내 삶은 확실히 가벼웠다.

밤이면 세 시간마다 젖을 달라고 보채는 아기, '산후 우울증이 괜히 나온 말이 아니구나' 생각했다. 병원에서 집으로 돌아와 내 몸 추스르기도 벅찬데, 옆에 아기가 누워 있었다. 앉아 있기도 힘든 몸으로 젖을 먹였다. 우는 아기를 안아준 날, 밤이 되면 어김없이 팔목이 시큰거렸다. 냉장고 문을 열고, 짐 하나 옮기는 것조차 다른 이의 손길이 필요했다. 온종일 아기를 돌보고, 틈틈이 부엌일이며, 빨래, 청소를 해도 시간은 부족했다. 내 삶에 가난과 기근, 죽음은 없었지만 분명 힘에 부쳤다. 어떻게 설명해야 할까.

웬디는 네버랜드 아이들의 엄마가 되어 달라는 피터 팬의 말에 집을 떠난다. 그곳에서 요리, 바느질, 육아까지 밤잠 설치며 엄마 역할을 해낸다. 나도 당연히 웬디처럼 할 수 있을

줄 알았다. 할머니와 엄마, 이모, 고모까지 내가 아는 모든 여
자들은 그 일을 해냈다. 웬디가 나온 지 백 년이 지났다. 이제
여자도 남자와 같이 교육을 받고, 사회생활을 하며, 눈에 띄는
성과를 낸다. 하지만 대부분의 여자가 여전히 웬디처럼 살아
간다.

'그림책 워크숍'에 참여했다. 그림책을 읽고 토론하는 방식
이었다. 먼저 피터 레이놀즈의《점》을 읽었다. 주인공은 신경
질적이고 까칠한 베티이다. 베티는 미술 시간에 그림을 안 그
리고 버티다가 결국 점 하나를 찍는다. 다음 날 학교에 가니
베티의 그림이 걸려 있다. 점 하나 찍힌 그림도 물결 무늬 금
색 액자에 들어가자 제법 그럴듯했다. 베티는 이후 계속 점을
그리고, 작품을 모아 전시회를 연다. 예의 없는 베티를 나무라
지 않고 날개를 달아준 선생님 덕분이다.

존 버닝햄의《검피 아저씨의 뱃놀이》도 읽었다. 아저씨가
강에 배를 띄우자 아이들과 동물들도 배를 타겠다고 한다.
아저씨는 그러라고 하지만 저마다 조건이 있다. 아이는 싸
우지 않겠다고, 토끼는 깡충깡충 뛰지 않겠다고, 양은 울지
않겠다고 약속을 하고 배에 탄다. 잠시 후, 모두 약속을 어기
고 배가 기우뚱하며 물속에 빠진다. 그러나 아무 일 없었다

는 듯 모두 함께 햇볕에 몸을 말리고, 검피 아저씨 집에 가서 차를 마신다. 마지막에 아저씨가 말한다. "다음에 또 배 타러 오렴." 아마 나는 이렇게 말했을 것이다. "이러면 앞으로 뱃놀이 못 해!"

좋은 그림책인데, 마음 한구석이 아렸다. 나는 베티의 미술 선생님처럼 사나운 아이를 안아줄 자신이 없었다. 나라면 '아주 건방진 아이네'라며 마음을 닫았을 것이다. 검피 아저씨와 달리 약속을 안 지킨 아이에게 냉정했다. "네가 약속했잖아" 로 시작해 결국 아이를 울렸을 것이다. 그런데 워크숍이 끝날 무렵, 강사가 말했다. "아이의 시선으로 책을 보세요. 반항기 어린 베티와 말썽꾸러기 아이가 자신이라고 생각해 보세요." 내 안의 어린아이를 잊고 있었다.

"난 정말 못 해요"라고 말하는 나에게 누군가 "점이라도 찍어보렴"이라고 말했다면 어땠을까. 볼품없는 내 그림이 빛나는 금테두리 액자 안에 들어 있는 상상을 했다. 약속을 지키지 않은 나를 "너 분명히 안 운다고 했지!" 다그치지 않고 넉넉한 마음으로 안아주었다면 어땠을까. 뱃놀이를 하며 모두 가장 기억에 남는 순간은 물에서 허우적거릴 때였을 것이다. 검피 아저씨와 햇볕에 몸을 말리고 차를 마시는 상상을 했다.

나는 늘 베티의 미술 선생님, 검피 아저씨 같은 어른이 되어야 한다고 생각했다. 네버랜드의 웬디가 되라고, 왜 그것밖에 못하냐고 나를 몰아세웠다. 그 전에 나를 먼저 안아줬어야 했다. 내 안의 어린 나는 '나는 할 수 없어'라며 고개 숙이고 있었다. 내가 그린 그림을 아무도 봐주지 않아 주저앉아 있었다. 약속을 어겨 혼난 채로 서성이고 있었다. '내가 그렇지, 뭐.' 무시당해 자라지 못했다. 상처받은 아이가 아직 울고 있는데, 내가 누군가를 안아주어야 하니 힘에 부쳤다. 나는 반항하는 베티, 싸우는 아이에 더 가까웠다.

둘째 아이 돌 무렵, 남편이 2박 3일 집을 비워 친정 엄마가 왔다. 낯을 가리기 시작한 둘째가 하루 종일 나에게 붙어 있자, 첫째가 시샘을 했다. 둘째 잘 때 첫째와 놀아주고, 이유식 만들고, 둘째가 일어나면 기저귀 갈고, 젖 먹이고. 차려놓은 밥 먹을 시간도 없었다. 나는 그날 울었다. 너무 힘들다고, 언제까지 이래야 하냐고 눈물을 뚝뚝 흘렸다. 보통 참고 넘긴 일이 엄마 앞에서 눈물로 터졌다. 엄마가 말했다. "요즘 애 키우는 게 옛날이랑 달라. 너희 키울 때는 안 이랬던 것 같은데… 그래도 금방이야."

삶의 무게는 줄었지만 그 짐은 여전하다. 이전 시대는 육아가 이만큼 힘들지 않았다. 낳기만 하면 저절로 큰다는 말이 맞았다. 어딜 가나 아이들이 많았고, 아이는 형제 자매와 알아서 배우고 놀았다. 일이 있으면 옆집에 아이를 맡겨도 될 만큼 이웃 관계도 두터웠다. 하지만 요즘은 절대적으로 아이가 줄었고, 이웃 관계도 예전 같지 않다. 두 아이는 "나랑 놀자"라는 말을 입에 달고 산다. 둘째가 쫓아다니면서 놀아달라고 해서 혼자 할 일 좀 하라고 했더니, 울먹이며 말했다. "난 할 일이 없어." 어딜 가나 데리고 다니고, 쉴 틈 없이 놀아주고, 단짝 친구까지 챙겨야 하는 게 요즘 육아의 현실이다.

키보드를 두드리는 손에서 멸치 냄새가 난다. 징그러운 생선을 아무렇지 않게 손질하며 '내가 엄마가 되었구나' 생각했다. 어지럽게 장난감이 널린 거실을 눈감고 지나간다. 두 아이는 정리가 안 된 거실에서 더 잘 논다. 나는 웬디가 되지 않기로 했다. 대신 네버랜드에 사는 내 안의 작은 아이에게 말을 건다. 그 아이를 안아주면, 두 아이도 따뜻하게 안아줄 수 있다.

5
시간을 먹고 아이는 자란다

인생은 어차피 눈물바다

오늘 하율이에게 먹일 돈가스를 만들다가 기름이 발등에 튀었다. (…) 자취방에서 혼자 밥을 먹으면서 함께 붙어 있는 깻잎을 젓가락으로 집었는데 그걸 떼어줄 사람이 없는 게 그렇게 서럽더란다. 붙어 있는 깻잎을 집어 올리다가 울거나 돈가스를 튀기다가 울거나, 인생은 어차피 눈물바다인 것은 아닐까.

- 장수연, 《처음부터 엄마는 아니었어》

한국 사회에서 꿈은 곧 대학, 직업이다. 그것만 이루면 내 인생 모든 문제가 해결될 줄 알았다. 하지만 내가 진정 원하는 것은 꼭 어긋났다. 차선책 인생, 비슷한 것에 만족해야 했다. 다들 잘사는데 왜 나만 이렇게 힘들까, 문득 궁금했다. 과연 정말 다들 잘살고 있는 것일까. 모두 나처럼 겉으로만 멀쩡하게 살고 있는 것은 아닐까. 인생이 어차피 눈물바다라면, 꿈을 이루든 이루지 못하든 힘든 것은 매한가지다. K대에 입학을 하든지 못 하든지, 기자가 되든지 못 되든지, 모든 삶에는 눈물이 있다. K대에 입학했다면 S대를 바라보며 아쉬웠을 것이고, 기자가 되었다면 언론 파업을 견디지 못해 퇴사를 했을지도 모른다.

임용고사 준비를 본격적으로 해야 할지 고민할 때, 오랫동안 공부를 하고 있는 친구에게 연락을 했다. 친구가 말했다. "하지 마. 이 시험은 1000명 중에 970명이 떨어지는 시험이야. 0.1점 차이로 떨어지는데, 점수 컷 근처에 몇 백 명이 몰려 있어." 예전 같았으면 이 냉정한 답변에 눈물이 핑 돌았을 것이다. 그러나 이제 안다. 교사가 되든 안 되든 상관없이 인생은 만만치 않다는 것을.

후회하지 않는 온전한 사랑

아이를 낳아 기르는 건 우리가 조금 더 나은 인간이 될 기회인 것 같다. 우리가 자동적으로 훌륭해진다는 게 아니라 그럴 기회를 얻는다는 뜻이다. 절대적으로 강자인 내가 철저히 약자인 누군가에게 가슴 깊이 우러나는 존중감으로 최선의 배려를 하는 것. 자식이 아니면 내가 누구를 상대로 이런 사랑을 해보겠는가.(76쪽)

밤 아홉 시면 우리 가족은 불을 끄고 자리에 함께 눕는다. 아이들을 재우기 위한 하나의 의식. 문제는 그 시간이 점점 늦어진다는 것이다. 둘째가 어둠 속에서 "아빠 힘내세요. 우리가 있잖아요~"를 부르기 시작했다. 막 말을 배우기 시작한 아이의 설익은 노래를 들으며, 나와 남편은 정말 힘이 나는 듯했다. 그런데 노래는 계속 반복됐고, 아이는 혼자 흥에 겨워 고래고래 소리를 질렀다. 어느새 그 노래는 정말 힘 빠지는 노래가 되었다. "아빠 힘 났으니 이제 그만"이라며 몇 번 경고를 하고 움찔거리는 몸을 꼭 안아 토닥이니 두 아이 모두 겨우 잠에 들었다. 보통 부모의 일상이다.

부모와 자식의 관계는 얼마나 애처로운가. 이 모든 것은 감당할 수 없을 만큼 큰 사랑을 하고 있기 때문에 벌어진다. 애초에 자식을 향한 부모의 사랑은 인간이 품을 수 있는 크기가 아닌 건지도 모른다. 신의 열매를 탐한 아담처럼, 신의

사랑을 하게 된 인간도 형벌과 같은 후폭풍을 감내해야 하
는 것일까.(235쪽)

카펫을 새로 샀다. 크기도 작고 조금 비쌌는데 누빔 모양과
색깔이 예뻐 구입했다. 거실에 카펫을 펴놓자, 첫째는 자신이
좋아하는 분홍색이라며 한참을 누워 있었다. 며칠 뒤, 둘째가
갑자기 그 카펫에 쉬를 하고 싶다고 했다. 순간 "안 돼!"라며
둘째 앞에 소변기를 가져갔다. 다행히 내가 더 민첩했고, 대
참사를 막았다. 화장실로 들어가 소변기를 비우고 있는데, 둘
째가 다가와 히죽 웃었다. 뭔가 큰일을 해낸 듯한, 미심쩍은
웃음이었다. "나 쉬했어." 아니나 다를까. 카펫 한쪽이 젖어
있었다.

순간 너무 화가 나서 둘째를 방으로 데리고 들어갔다. "엄
마가 카펫에 하지 말라고 했지? 그거 지난주에 산 건데 왜 거
기다 쉬를 해? 넌 그냥 한 번 한 거지만, 엄만 다 치워야 한다
고, 빨래 네가 할 거야?" 혼을 내도 능글맞게 웃고 있는 둘째
를 보니 더 화가 났다. 둘째는 그제야 "엄마, 미안해. 앞으로 안
할게"라며 뉘우쳤고, 사건이 일단락됐다. 그 모습을 지켜보
던 첫째가 나에게 물었다. "엄마, 은산이 사랑해?" "응, 사랑하
지." "저렇게 말 안 듣고 오줌 싸는데?" "그래도 사랑은 해." 그

말을 듣고 있던 둘째가 "사랑해"라며 나를 꼭 안아주었다. 순간 마음이 녹아, 미안함이 밀려왔다. 후회하지 않는 온전한 사랑이 언제쯤 가능할까.

사소한 시간들

이런 사회에서, 진짜 비싼 건 시간이다. 사랑하는 사람과 마주 앉을 시간, 아이와 놀아줄 수 있는 시간, 부모님과 산책할 수 있는 시간.(174쪽)

육아는 나에게 손실된 시간이었다. 나의 모든 시간을 아이에게 주었다. 밤잠 설치며 젖을 물리고, 떼쓰는 아기를 어르고, 하루 몇 번씩 기저귀를 갈고, 똥 묻은 바지를 빨았다. 품에 안아 재워서 내려놓으면 바로 눈을 뜨는 아기를 보며 아버지가 말했다. "너도 이랬어. 너 재우려고 집 앞에 있는 개천을 몇 바퀴 돌았는지 몰라. 기억나?" 엄마가 말했다. "넌 백일까지 밤낮 못 가렸어.", "엄마 안 보이면 하도 울어서 화장실도 겨우 갔어." 내가 몰랐던 시간, 나 또한 손실된 시간 속에서 자랐다.

남편이 대기업에 다니는 한 친구는 일 년에 한두 번 해외로

여행을 떠난다. 부러운 일이다. 그런데 그 여행을 제외하면 나머지 날들은 그저 그렇다. 야근, 주말 출근, 잦은 출장, 아이들은 늘 엄마와 아빠를 기다리다 열한 시가 넘어 잠에 든다. 그에 비하면 남편이 농부인 나는 해외여행은 못(안) 간다. 하지만 그것만 빼면 나머지는 괜찮다. 농번기에는 주말까지 일을 하지만, 겨울에는 같이 놀고, 칼 퇴근은 말할 것도 없다. 시간 부자라는 말이 맞겠다.

대학 시절, 남편에게 물었다. "오빠는 왜 꿈이 없어요?" 나는 그가 꿈이 없는 사람처럼 보였다. 그런데 내가 인생이라 생각했던 원대한 목표들이 실은 별것 아니라는 걸 알게 되면서, 그를 이해했다. 정말 소중한 것은 이런 것들이다. "엄마, 주희가 만날 윤슬이랑만 놀고 나랑은 안 놀아"라며 고민을 털어놓는 첫째에게 진지한 답변을 해주는 일. "아빠는 똥돼지 아저씨"라며 혼자 낄낄거리는 둘째에게 "그럼 너는 뭐야?"라고 물어보는 일. 하루를 마치고 남편과 이런저런 이야기를 나누는 일. 가족 모두 모여 신나는 음악을 틀어놓고 아무에게도 보여주지 못할 막춤을 추는 일.

초등학교 수업을 하면, 아이들은 쉬는 시간에 가장 신난다. 쉬는 시간 10분을 놀기 위해 수업 시간 40분을 설렁설렁 공부

한다. 수업 마치는 종이 치면 아이들이 조잘조잘 몰려든다. 나를 "엄마"라 부르고, "주말에 놀이동산 다녀왔어요." 자랑을 한다. 열심히 준비한 그림책 수업보다 서로의 이야기가 더 재밌다. 아이들은 쓸데없는 시간에 자란다. 아이를 키우는 시간도 쓸데없는 시간이다. "지금이 제일 좋을 때야"라는 말을 들으면, "뭐가요?"라고 묻고 싶었다. 아무 일도 일어나지 않는 시간, 출구가 있다면 피했을 것이다. 하지만 그 시간을 먹고 아이는 자랐다.

장수연, 《처음부터 엄마는 아니었어》, 어크로스, 2017

6
꽃을 외우다, 꽃을 배우다

꽃을 외우다

실생활보다 문학에서 만난 산수유는 아버지의 사랑처럼 엄
숙하여, 구례나 하동의 꽃길에서 산수유를 만났을 때에도 춘
흥의 대상이라기보다 존경과 사랑의 대상으로 먼저 자리 잡
았던 것 같다.

－ 이명희 · 정영란, 《꽃으로 세상을 보는 법》

둘째가 "엄마, 이게 무슨 꽃이야?"라고 물었다. 나는 잠시
망설이다 답했다. "음, 노란 꽃?" 뭔가 석연치 않은 눈빛이다.
조금 걸어가다 또 물었다. "엄마, 이건 무슨 꽃이야?" "음… 그
건 큰 보라색 꽃?" 그쯤 되면 사실대로 말해야 한다. "은산아,

사실은 엄마가 꽃 이름을 잘 몰라. 별로 본 적이 없어서…." 그렇다. 나는 정말이지 꽃을 교과서로 배웠다. 시와 소설에 '자연'이 나올 때면, 별로 느껴본 적 없는 그 '자연'의 의미를 외웠다. 수능에 출제된 김종길의 〈성탄제〉에 나오는 '산수유'는 너무 성스럽고 귀한 느낌이어서, 집 앞에 핀 그 자그마한 노란 꽃이 '산수유'라는 사실을 알고 적잖이 당황했다.

> 생각해보니 꽃을 모르고 수를 놓았고, 본 적이 없는 산수화를 그려야 했고, 향기를 맡아본 적 없는 꽃을 시를 통해 배웠다.(68쪽)

특히 고전 시가에 나오는 꽃들은 짐스러웠다. 선생님이 말했다. "'매화' 줄 치고 밑에 쓰세요. 지조, 절개." 나는 추운 겨울 끝에 가장 먼저 피는 봄꽃이 '매화'라는 사실도 모른 채 '매화'가 나오면 공식처럼 '지조'와 '절개'를 떠올렸다. '소나무'와 '대나무'는 '사시사철 푸름', '지조 높은 선비'의 다른 이름이었다. '철쭉'과 '도화(복숭아꽃)', '이화(배꽃)'는 따뜻한 때 피었다 빨리 져서 쉽게 변하는 사람으로 풀이된다. 서른 넘어 배꽃을 보며 생각했다. '이렇게 앙증맞은 꽃에 누명을 씌웠구나.' 나는 목련이나 백합처럼 선이 굵은 꽃보다 벚꽃이나 수국처럼 작고 오밀조밀한 꽃이 좋다. 먼저 꽃을 보고 교과서를 봤다면 어떤 생각을 했을까.

> 마치 달과 물이 어제의 그것과 같지 않은 것처럼 소나무도 사
> 실은 날마다 다른 존재인데 말이다.(156쪽)

'남산 위에 저 소나무 철갑을 두른 듯 바람 서리 불변함은 우리 기상일세.' 나는 애국가를 부르며 정말 소나무가 사시사철 똑같은 줄 알았다. 하지만 그건 계절에 따라 꽃 피우고, 열매 맺고, 껍질 벗는 소나무를 모르고 한 말이다. 소나무는 여름에 짙은 녹색이고, 겨울에는 노란 빛이 도는 녹색이다. 4월에 새로 가지가 돋고 5월에는 꽃이 피어 온 마을에 송홧가루를 날린다. 결혼한 첫해 남편에게 "요즘 집에 왜 이렇게 노란 먼지가 많지? 닦아도 계속 쌓여요"라고 말하자 남편이 "그거 송홧가루야"라며 웃었다. 송홧가루로 다식을 만드는 것도, 송편 찔 때 싸는 솔잎을 그때 따는 것도 처음 알았다. 난 도대체 학교에서 무얼 배운 걸까.

가시투성이

세월이 약이라 했던가. 인생의 연륜이 쌓여 여러 가지 일을 겪다 보면 대부분 부드러워지고 둥글어져간다. 자신을 스스

로 지켜낼 수 있고 상처에도 내성이 생기기에 나무도 가시를 하나둘 떨구어 표면이 매끈해진다.(102쪽)

돌아보면 난 참 모난 사람이었다. 둥글게 보이려고, 뾰족한 가시를 숨기려고 부단히 노력했다. '어떻게 하면 더 관심받을까' 고민했고, '무엇을 하면 더 잘해서 칭찬받을까' 애썼다. 요즘 나의 20대를 떠올리면 '찌질함'이라는 단어가 함께 떠오른다. 다르게 표현할 수 없을까 아무리 찾아봐도 그만큼 딱 맞는 단어가 없다. 어리고 잘 모르면서, 다 자란 것처럼 다 아는 것처럼 행동했다. 만남과 헤어짐 속에서 사랑은 서툴렀고, 여러 가지 일은 상처를 남겼다. 하지만 문득 그 시절이 생각나 저절로 '이불 킥'이 되는 건, 비단 나만의 문제는 아닐 것이다.

눈 먼 손으로 / 나는 삶을 만져보았네 / 그건 가시투성이었어
가시투성이 삶의 온몸을 만지며 / 나는 미소지었지
이토록 가시가 많으니 / 곧 장미꽃이 피겠구나 하고

- 김승희, 〈장미와 가시〉 중에서

이 시의 마지막 구절이 너무 좋아 몇 번을 되뇌었다. 난 가

시가 참 많은 사람인데, 보통은 감추고 있다가 아주 가까운 사람에게 드러내곤 했는데, '이렇게 가시가 많다는 건, 곧 장미를 피운다는 거구나' 위로가 됐다. 결혼을 하고 아이를 낳고 여러 사람을 만나며 조금씩 부드러워지고 둥글어졌다. 나도 음나무처럼 나를 지켜낼 수 있는 내성이 생긴 걸까. 작은 일에 상처받지 않고, 큰일은 담담히 받아들이며, 그렇게 가시를 하나씩 떨구어낸다. 내 나이 마흔, 쉰엔 또 지금을 돌아보며 '이불 킥'을 할 날이 올 것이다. 아니, 그런 날이 왔으면 좋겠다. 돌아보며 후회한다는 것은 그만큼 내가 자랐다는 증거이니 말이다.

> 지상에서의 아름다움을 뒤로한 채 꽃잎은 마르고 부서져, 자신을 피어나게 해주었던 나무의 양분이 되기 위해 대지로 떨어진다. 꽃잎이 떨어지는 것은 바람에 의해서가 아니라 꽃의 의지에 의해서이다.(164쪽)

얼마 전 '어린이 책 서평 공모전'에 글을 냈다. 분량도 짧고 또 일반 시민을 대상으로 하는 거라 '장려상은 받겠지'라는 생각이었다. 그런데 아무리 찾아봐도 수상자 목록에 내 이름이 없었다. 순간 생각했다. '서평이 나랑은 안 맞네.' 이전 같으면 그렇게 못 했을 것이다. '내 글이 뭐가 이상한 거지?' '그래, 내가 이것밖에 안 돼' 자책하며, 말도 못 하고 며칠을 두고 생각했을 터이다. 문득 '내가 자랐구나', '내가 나에게 많이 관대해졌구나' 깨달았다. 나는 지금껏 바람에 의해 내가 떨어진 줄 알았는데, 아니었다. 꽃이 그러하듯, 나 또한 내 의지에 의해 사랑하고 또 살아간다.

나는 괜찮지 않다

배롱나무처럼 위쪽의 새 가지에서 봉오리가 새롭게 생겨나면서 피어나는 개화 순서를 '무한화서'라고 부른다. 가을의 서늘함이 찾아올 때까지 배롱나무는 꽃을 피워낸다. 꽃은 졌으나 꽃은 핀다. 한 송이로서는 생을 다했으나 나무의 꽃은 백 일을 간다.(153쪽)

언젠가 엄마가 집 앞 나무를 가리키며 "저 꽃은 백일 동안 피어 있어서 백일홍이야"라고 했을 때 설마 했다. 그런데 거짓말처럼 정말 그 꽃이 백일을 피어 있었다. 그리고 이제 그 비밀을 알았다. 엄밀히 말하면 백일홍은 정말 백일 동안 피어 있는 것이 아니라, 그렇게 보이는 것이다. 송이송이 끊임없이 피고 지며 한 다발의 꽃을 유지하는 모습이 대견하기도 하고 애처롭기도 했다. 우리 사는 모습 같았다. 우리 모두 저마다 꽃처럼 보이기 위해 얼마나 노력하는가. 어떻게든 꽃을 오래 피워보려고, 또 빨리 피워보려고, 크게 피워보려고, 스스로를 재촉한다.

SNS를 통해 보는 수많은 꽃들 사이에서 한없이 초라해질 때가 있다. 고급스런 음식, 가지 못한 곳, 예쁜 옷과 같은 꽃들의 이미지 속에서, 매일 먹는 밥과 똑같은 집, 늘어난 옷은 나무의 줄기나 뿌리처럼 남루하다. 그럴 때면 책이 나를 달래준다. 책은 꽃의 화려함에 감춰진 아픔을 다룬다. 책에는 사람의 뼈처럼 앙상해진 배롱나무 줄기 이야기가 있다. 얇게 부서진 나무껍질과 봄까지 죽은 나무처럼 꿈쩍 않고 서 있는 외로움이 있다. 나 또한 글을 통해 그런 이야기를 하고 싶다. 반듯해 보이는 나의 삶에도 이런 아픔이 있다고, 이런 박탈감과 허기가 있다고, 사실은 괜찮지 않다고 말이다.

이명희 · 정영란, 《꽃으로 세상을 보는 법》, 열림원, 2015

7
사람들은 왜 아이를 낳을까

화성에서 온 남자

여자는 다행이라며 대뜸 학생 잘못이 아니에요, 했다. 세상에
는 이상한 남자가 너무 많고, 자신도 많이 겪었다고, 이상한
그들이 문제지 학생은 잘못한 게 없다는 여자의 말을 듣는데
김지영 씨는 갑자기 눈물이 났다.

- 조남주,《82년생 김지영》

　어둠이 깔린 길, 버스에서 모르는 남자와 같이 내린다. 나
란히 걷다가 남자가 조금 뒤처진다. 가슴이 쿵쿵 뛰기 시작한
다. 누구에게 전화를 걸어볼까. 엄마가 마중을 나온다면 얼마
나 좋을까. 그 짧은 순간에 여러 생각이 머릿속을 꽉 메운다.

다행히 갈림길에서 남자가 반대 방향으로 꺾는다. 그제야 안도의 숨을 쉰다.

늦은 시간 낯선 남자와 함께 걷는다는 것만으로 불안했다. 다른 이유는 없다, 힘이 약한 여자라서. 소설 속 김지영도 한 남자의 별 의미 없는 행동으로 가슴을 졸인다. 아마 남자들은 모를 것이다. 여자가 남자라는 존재 하나만으로 얼마나 큰 두려움을 느끼는지 말이다. 물론 좋은 남자가 더 많지만, TV 속 흉흉한 사건이 내 이야기가 되지 말라는 법은 없다.

"젊은 사람이 강된장을 먹을 줄 아네? 미스 김도 된장녀였어? 허허허허허."(114쪽)

아줌마개그는 없는데 아재개그는 있다. 왜 남자들은 아저씨가 되면, 아니 초등학생부터 아재개그를 좋아할까. 나는 아재개그를 사랑하는 아버지 덕분에 무려 30년 가까이 참 재미없고, 유행에도 뒤처지는 말장난을 들었다. 어렸을 때는 예의상 조금 웃었고, 커서는 별로 대꾸를 안 했다. 요즘 표현을 빌려 말하면 아재들은 사실 '관종'일 수도 있다. 표현할 방법을 몰라 그렇게 애정 표현을 하는 것인지도 모른다.

금성에서 온 여자

너한테 잘 어울릴 것 같아서 선물한다. 끝. 깔끔하다. 김지영 씨는 기분이 좋아졌고, 그 자리에서 립글로스부터 열어 발라 보았다.(152쪽)

둘째가 "엄마, 예뻐." 이러면 옆에 있는 첫째가 말한다. "누나 예뻐도 해봐." 엄마와 누나 중 누가 더 예쁜지 묻는 질문에 둘째가 엄마라고 답할 때면 첫째는 풀이 죽는다. 남편에게서 "재인이가 더 예쁘지"라는 답을 듣고서야 표정이 밝아진다. 일곱 살 딸아이만 봐도 안다. 여자에게 예쁘다는 말이 얼마나 중요한지. 샤이니 노래를 듣는데 기분이 좋다. 가사 속 '누난 너무 예뻐'라는 말이 귓가를 맴돈다. 자이언티의 '노 메이크업'을 들으면 살맛난다. 나보고 너무 예쁘고 아름답단다. 여든 넘은 할머니에게 "할머니, 파마해서 예뻐요"라고 말하면 수줍게 웃었다. 사람들은 그런 여자에게 예쁘다는 말을 너무 아낀다. 그러니 대신 샤이니와 자이언티의 노래를 듣는 수밖에.

"당신은 지금 때가 어느 땐데 그런 고리타분한 소릴 하고 있어? 지영아, 너 얌전히 있지 마! 나대! 막 나대! 알았지?"
(105쪽)

김애란은 소설 〈비행운〉에서 '너는 자라 내가 되겠지… 겨우 내가 되겠지'라고 말했다. 보통 자녀가 부모의 삶 이상을 살기란 쉽지 않다. 조금이라도 나아지기 위해서는 한 세대의 부단한 노력이 필요하다. 소설 속 김지영의 어머니는 딸이 여자라는 제약 없이 살기를 바라며 애쓰는 인물이다.

'82년생 김지영' 영화를 보고 나왔는데 나이 지긋한 아주머니가 말했다. "저럴 거면 애를 낳지 말든지…." 이전 시대의 어머니는 '여자는 이래야지'하는 가부장적인 것들을 내면화하고 딸에게 가르쳤다. '여자는 나대면 안 된다'도 그중 하나이다. 그래서일까. "막 나대!"라는 김지영 어머니의 말은 웃기면서도 조금 슬펐다. 또 이후에 막 나대면서 잘해내야겠다고 결심하는 김지영이 걱정도 되었다. 5만원 지폐에서 자애롭고 인자하게 웃고 있는 신사임당의 모습이 가끔 부담스럽다. 여자는 나대지 말고 그렇게 얌전히 웃고 있어야만 할 것 같아서 말이다.

금성에서 온 여자, 엄마 되다

"그냥 하나 낳자. 어차피 언젠가 낳을 텐데 싫은 소리 참을 거 없이, 한 살이라도 젊었을 때 낳아서 키우자." 정대현 씨는 마치 노르웨이산 고등어를 사자, 라든가 클림트의 〈키스〉 퍼즐 액자를 걸자, 같은 말을 하는 것처럼 큰 고민 없이 가볍게 말했다.(135쪽)

엄마가 되면 버려야 할 것들이 많다. 질끈 묶은 머리, 화장기 없는 얼굴, 얼룩덜룩한 티셔츠, 무릎 나온 바지, 갈 곳이 없으니 화장을 할 필요도 옷을 살 필요도 없다. 아이가 눈을 뜨면 하루가 시작되고, 아이를 재우며 엄마도 잠든다. 엄마라는 이름의 여자들은 모두 한 일이다. 아이가 태어나도 남자의 삶은 별로 달라지지 않는다. 그러니 소설 속 김지영의 남편도 아이 낳자는 말을 쉽게 꺼냈을 것이다.

"나도 선생님 되고 싶었는데." 엄마는 그냥 엄마만 되는 줄 알았던 김지영 씨는 왠지 말도 안되는 소리 같아 웃어버렸다.(36쪽)

어린 시절 엄마가 없으면 못살 것처럼 붙어 있다가, 중고등학생 시절 배고플 때 돈 필요할 때 아니면 엄마를 별로 찾지 않았다. 그러다 엄마가 되었다. 가끔은 엄마라는 이름이 버거워 실수도 하고 이것밖에 못 하냐며 자책도 한다. 또 가끔은 엄마라는 이름이 고마워 자랑도 한다. 내가 엄마가 되고 보니, 못 하고 사는 게 참 많다. 이런 상상을 한다. 밤새도록 드라마를 몰아 보고 정오쯤 일어나고 싶다. 언젠가 '나의 아저씨'를 보고 새벽 4시에 잤는데, 둘째가 7시에 나를 깨웠다. "엄마 조금만 더 잘게." 애원하다가 눈을 찔리고, 배를 밟히고, 머리카락을 뽑혔다. 편하게 앉아서 아무 신경도 쓰지 않고 밥 먹고 싶다. 둘째는 꼭 밥을 먹다가 화장실에 간다. 숟가락을 내려놓고 똥을 닦아야 한다. 친한 친구와 여행을 떠나고 싶다. 문학관에 가서 어른의 대화를 나누던 옛날이 그립다. '아, 외로워' 몸서리칠 때까지 혼자 있고 싶다. 외로움 끝에 남편과 두 아이가 사무치게 보고 싶을 때까지.

'사람들은 왜 아이를 낳을까?'
'자기가 기억하지 못하는 생을 다시 살고 싶어서.'
누구도 본인의 어린 시절을 또렷하게 기억하지는 못하니까,
특히 서너 살 이전의 경험은 온전히 복원될 수 없는 거니까,
자식을 통해서 그걸 보는 거다.

— 김애란,《두근두근 내 인생》

아이를 낳고 어린 시절 사진을 꺼냈다. 그 시절의 내가 궁금했다. 딸아이가 사진 속 나와 너무 닮아서 아이를 넉 놓고 바라본 적도 있다. 엄마와 함께 그 시절로 돌아갔다. "너도 돌 지나서 걸었어. 집 앞 화단에 서서 처음 '꽃'이라고 말했을 때 참 신기했어." 딸과 나와 엄마는 시간의 연속선에 있다. 내가 딸아이를 통해 나의 서너 살을 보듯, 엄마 또한 나를 통해 자신의 서른, 마흔을 볼 것이다. 딸은 나를 통해 자신의 서른, 마흔을 보고, 나는 엄마를 통해 나의 예순, 일흔을 본다.

내가 아이를 낳지 않았으면 어땠을지 생각해본다. 엄마가 다려준 옷을 입고, 엄마가 차려준 밥을 먹으며 나밖에 모르는 여자로 살았을까. 나는 아이를 키우며 '나'를 만났다. 내가 나를 어떻게 오해했는지, 그로 인해 다른 사람을 얼마나 곡해했는지 조금 알았다. 저마다 자신을 찾는 삶의 시간이 있을 것이다. 질병, 비혼 또는 이혼, 돌봄 같은 크고 작은 삶의 굴곡들. 그렇게 '나'를 만나며 조금씩 어른이 된다.

나쁜 사람은 없다

'82년생 김지영' 영화를 통해 인물 저마다의 삶을 더 깊이 있게 만났다. 김지영 아버지는 밤늦게 연락을 받고 급히 딸 마중을 나간다. 낯선 남자 때문에 곤욕을 치른 것을 알고, 어디 가서 웃지 말라고, 짧은 치마 입지 말라고 딸을 채근한다. 아버지는 훗날 친구 개업식에 가서 아들 지석의 한약만 지어온다. 김지영의 남편은 명절이면 시댁 부산까지 당연히 내려가고, 큰 고민 없이 아이를 낳자고 했다. 김지영 동생 지석은 할머니와 아버지의 편애를 별 생각 없이 누렸다. 자신만 받은 만년필을 굳이 마다할 필요가 없었다. 하지만 김지영의 아버지, 남편, 동생 모두 나쁜 사람은 아니다. 그렇게 배웠고 배운 대로 살았을 뿐.

김지영의 병이 알려지자 모두 조금씩 달라진다. 아버지는 친구에게 전화를 해서 김지영의 한약을 짓는다. 남편은 아픈 김지영 앞에서 "너 나랑 결혼해서. 나 때문에 아픈 것 같아서"라며 눈물을 흘린다. 동생 지석은 지영이 갖고 싶어 했던 만년필을 건넨다.

'82년생 김지영'은 그동안 아무도 보지 않았던 여자의 자리, 엄마이기 이전에 김지영이었던 한 여자에 대한 이야기이다. 나도 그 자리가 사라졌을 때, 김지영처럼 생각했다. "어딘가 갇혀 있는 기분이 들어요. 처음부터 출구가 없었던 건 아닐까 이런 생각이 들면 화가 나기도 하고요." 그 자리를 찾겠다고 남자의 자리를 빼앗아도 될까. 김지영의 남편 역을 맡은 공유의 부산 사투리가 정겹다. "자꾸 반하쟤. 살면 살수록 멋있쟤." 세상에는 그런 남자가 더 많다.

조남주, 《82년생 김지영》, 민음사, 2016

8
아이의 말

말은 마음을 담아낸다. 말은 마음의 소리다. 수준이나 등급을
의미하는 한자 품(品)의 구조가 흥미롭다. 입 구(口)가 세 개 모
여 이루어졌음을 알 수 있다. 말이 쌓이고 쌓여 한 사람의 품성
이 된다. 내가 무심코 던진 말 한마디에 품격이 드러난다.

- 이기주,《말의 품격》

아이의 말을 들으면, 생각지 못한 곳에 닿는다. 아이의 고
운 말들이 쌓여 품성이 되었으면 좋겠다. 하나 둘 모아놓은
아이의 말이다.

첫째가 말 배울 무렵 참 웃을 일이 많았다. 할아버지를 손으
로 가리키며 아이가 했던 말. "얘가 할아버지야." 너무 웃겨 한

참을 웃다가 잘 가르쳐야 한다는 생각에 말했다. "우리 할아버지야. 이렇게 말해야지." 그랬더니 첫째가 다시 말했다. "얘가 우리 할아버지야." 그 이후에도 '얘'라는 말은 많은 이들을 가리키는 공통어가 되었다. 어른 여러 명을 가리키며 "얘네들도 같이 가자"라고 할 때는 좀 당황스러웠다.

첫째가 세 살쯤 되었을까. 동그라미를 작게 오밀조밀 그려놓고는 사탕이라고 했다. 사탕을 손으로 가리키며 말했다. "몸에 안 좋은 사탕이야."

한동안 가지고 놀다가 방에 넣어둔 강아지 인형이 있었다. 첫째가 오랜만에 그 강아지 인형을 꺼내 와서는 말했다. "많이 컸네." 어른들이 아이를 보며 많이 컸다는 말을 하니 자기도 모르게 그 말을 배웠나 보다.

조금 더 크면 아이가 기분을 표현하기 시작한다. 가령 아빠가 혼내거나 무서운 표정을 짓고 있으면 이렇게 묻는다. "아빠, 화났어?" "아빠, 시무룩해?" 어느 날, 아빠가 "아니, 화 안 났어"라고 말하자, 첫째가 다시 물었다. "그럼 행복해?" 아빠가 답했다. "응, 행복해. 재인이는 행복해?" 첫째가 한참 생각하다 말했다. "글쎄요."

첫째는 비염 때문에 코를 잘 후빈다. 자려고 누웠는데 근심 섞인 목소리로 말했다. "엄마, 양치질했는데 코딱지 먹으면 안 되지?" 언젠가 이런 적도 있다. 코를 후비고 먹다가 딱 걸려서 첫째에게 장난치듯 물었다. "코 파서 먹으면 짭짤한 게 맛있어?" 아이가 말했다. "응, 사르르 녹아."

아이가 호칭을 배울 무렵, 재밌는 일이 많이 생긴다. 누가 아이에게 사과주스를 줬다. 첫째가 두 개를 챙겨서 내 앞으로 내밀며 말했다. "이거 남편이랑 먹어." 엄마 남편까지 챙겨주는 기특한 딸이다.

흥부와 놀부 이야기를 들은 첫째가 말했다. "엄마, 이 동화는 좀⋯." 내가 "왜?"라고 물으니 하는 말, "놀부가 좀⋯."

둘째가 돌, 첫째가 세 돌 무렵이 되자, 첫째가 동생과 관련된 재밌는 표현을 하기 시작했다. 둘째가 땀을 뻘뻘 흘리며 똥을 싸고 있었다. 옆에서 지켜보던 첫째가 말했다. "은산아, 너 좀 더운 것 같아."

단어를 비슷한 것으로 바꿔 말하기도 한다. 옷을 다 입은 첫째가 양말을 고르며 말했다. "이 옷에 이 양말이 제법이지." 내가 말했다. "그럼 이 양말이 제법이지." 어디서 제격이라는 말을 들었나 보다. 폭죽은 늘 축복이라 불렀다. 생일잔치 때는 언제나 축복을 터뜨렸다. "엄마, 축복 내가 터뜨릴래." 어느 날 아쿠아리움에 가서 불가사리를 본 아이가 정말 경이롭다는 듯 외쳤다. "엄마, 여기 불가리스."

첫째가 어른처럼 말을 하게 될 무렵, 둘째 입이 터졌다. 그 의미가 너무 맑고 소중해 마음에 오롯이 새겨졌다. 눈 내리는 창문을 유심히 바라보며 둘째가 말했다. "눈, 눈, 눈, 터… 졌어요. 오, 눈, 눈, 터… 터… 졌어요." 눈이 터진 것보다 둘째 말 터진 게 더 신기했다.

어린이집에서 돌아온 둘째를 맞기 위해 문을 열었다. 둘째가 약간 어색한 듯 말했다. "엄마, 안녕하세요." 어린이집에 다니더니 인사성이 밝아졌다. 다음 날, 둘째가 어린이집 차를 타면서 말했다. "엄마, 다음 주에 봐요."

나와 남편, 첫째가 라면과 떡볶이를 먹던 날이었다. 둘째는 자신도 달라고 아우성인데, 아무리 헹궈도 네 살 아이에겐 너무 매웠다. 아이가 "매운 안 떡볶이"라고 외치며 엉엉 울었다. 그게 도대체 뭐냐며, 매운데 떡볶이는 아닌 게 뭐냐며 한참 웃었지만 둘째는 계속 진심을 담아 외쳤다. "매운 안 떡볶이." 며칠 뒤, 첫째가 김치찌개에 있는 두부를 먹자 둘째가 또 말했다. "매운 안 두부."

씻자고 하면 도망가고, 먹자고 하면 뭉그적거려서 둘째를 혼냈다. 혼나던 둘째가 말했다. "나 귀여운데, 왜 혼나?"

둘째가 물을 달라고 해서 정수기 물을 떠줬더니 말했다. "추운 물 말고, 따뜻한 물." 그래, 겨울에는 따뜻한 물을 먹어야지. 그런데 추운 물은 시원한 물보다 더 차가운 건가.

방바닥에 젤리가 떨어진 걸 보고 둘째가 말했다. "어, 왜 과자가 여기 있어?" 내가 "과자?"라며 묻자, 둘째가 다시 말을 이었다. "아, 이건 과자 아니지. 과자는 뽀삭뽀삭하지." "그럼 젤리는 어떤데?" "응, 이건 쫀득쫀득." 과자는 뽀삭뽀삭해야 과자이다.

사람의 머리가 둥근 것은 하늘을 본보기로 삼은 것이고, 사람의 발이 네모난 것은 땅을 본받은 것이다. 인간은 자연을 닮은 소우주다.(38쪽)

아이의 말은 곧 소우주이다. 내 말과 생각에 나의 부모가 담겨 있듯, 내 아이도 나를 담았다. 둘째가 "뭐하는 짓이야?"라는 말을 자주 쓴다. 내가 실수를 하면 감정을 한껏 실어 사용한다. 그런 말을 어디서 배웠나 했는데, 내가 쓰는 말이다. 첫째가 조용하다 싶으면 누워서 책을 읽고 있다. 평상시 누운 자세로 책을 읽던 내 모습이 떠올랐다. 자세까지 배울 줄 알았다면 진작 앉아서 읽었을 텐데. 아이 둘 다 상대방의 감정을 잘 헤아리고 받아주면서도, 자신의 뜻과 맞지 않으면 조목조목 따지며 화를 낸다. 집에서만 그런 줄 알았는데, 유치원에서도 그런다고 했다. 곤란한 상황의 친구를 누구보다 잘 위로하면서, 뭔가 뒤틀리면 선생님처럼 혼을 내고 떼를 쓴단다. 남편이 말했다. "딱 당신이야."

이기주, 《말의 품격》, 황소북스, 2017

해는 짧고 삶은 그립다

바쁘기란 얼마나 어려운 일인가 또 얼마나 당당한 일인가

바쁘기 위해서는 얼마나 바쁘게 애써야 하는가 얼마나 무섭

게 애써야 하는가

바쁘다는 것은 고독한 일 그러나 너는 다행히 울 줄 모른다

바쁜 너는 밤 숲의 쑥독새 울음을 들어서는 안된다

봄 산의 애기똥풀꽃을 보아서는 안된다

늙은 어머니의 가늘게 코고는 소리를 들어서는 안된다

비애와 평화와 휴식은 바쁜 영혼을 좀먹는 병균과 같으므로

먹어치우기 위해 밥은 있고 쉬어치우기 위해 숨은 있을 뿐

- 김사인, 〈부시 바쁜〉 중에서

대학 졸업 후 행로가 교육대학원으로 정해졌고, 대학원 수
업과 과외로 하루하루를 채웠다. 바쁜 삶을 자랑하듯 "요즘
정말 바빠"라는 말을 버릇처럼 달고 살았다. 시간을 맞춰 들
어오는 과외를 놓치지 않고 소화했다. 내가 움직이는 만큼, 시

간은 돈이 되어 돌아왔다. 고3 과외까지 마치고 집으로 돌아오면 자정이 넘었지만, 규칙적인 생활을 유지했다. 운동으로 하루를 시작했고, 남는 시간은 도서관에서 보냈다. 틈틈이 쇼핑을 즐겼고, 가끔 들어오는 소개팅도 놓치지 않았다. 그리 나쁘지 않은 삶이었다.

> 타인의 도움 없이 하루도 살아갈 수 없는 한 생명이 다른 한 생명의 일상을 어떻게 바꾸어놓는지, 몰라서 낳는다. 그리고 키우면서 알아간다. 어디로도 도망칠 거리가 확보되지 않는 참 곤란한 관계를 출산과 양육을 통해 경험하는 것이다.
>
> – 은유,《다가오는 말들》

결혼을 할 때까지만 해도 가사와 육아로 내 삶이 이렇게 바뀔 줄 몰랐다. 육아는 바쁘지 않다. 돈으로 환원되지 않는 바쁨은 바쁨이 아니기에, 시간을 어떻게 견디다 보면 아이가 어린이집에 가고, 초등학교에 간다. 첫째 돌 무렵, 출근 시간 지하철을 탔다가 넋을 잃었다. 안고 있는 아이가 무거웠던 것도 아닌데, 사람들의 발걸음을 따라갈 수 없었다. 저 세계에서 완전 밀려난 서러움이었을까. 내가 이방인 같았다.

토요일 아침 일찍 일어나 책을 읽고 있으니 첫째가 졸린 눈을 부비며 문을 열었다. "엄마, 나 엄마 없으면 못 잔단 말이야." 자신도 책을 읽어 달란다. 잠긴 목소리로 〈진정한 일곱 살〉을 읽으니, 둘째도 일어났다. "엄마, 엄마, 이리 와." 토요일 아침은 꼼짝 없이 두 아이와 바닥을 굴러다니며 시작한다. "토요일 좋다. 이렇게 빈둥거리고…." 그렇게 하루 종일 무언가를 하면서, 아무것도 안 하는 하루가 시작되었다. 아침으로 아이들과 함께 사과주스를 만들었다. 이미 부엌은 난장판, 다용도실은 빨래로 난장판.

식탁을 다 치우니, 이번에는 코코아가 먹고 싶단다. 코코아 두 잔을 만들며 커피도 내렸다. 다음은 모래 놀이, 창고 깊숙이 넣어 둔 모래를 꺼냈다. "우리 집이 키즈카페 같지 않아?"라며 아이들은 신났고, 나는 다용도실로 들어갔다. 옷에 음식물 닦지 말라고 아무리 말해도 아이들 옷은 케첩, 코코아, 귤로 물들어 있다. 빨래와 설거지를 끝내고 잠시 쉴까 했는데, 점심 먹을 시간이다. 아이들은 틈틈이 쿠키를 만든다고, 사과를 썰겠다고, 아이스크림이 먹고 싶다고 나를 찾았다. 점심을 다 먹고 나니 시간은 어느덧 3시 반.

내려 놓은 에스프레소에 물을 가득 부어 책을 폈는데 둘째가 안아 달라고 아우성이다. 둘째와 함께 누우니 나를 장난감

가지고 놀듯 간지럼 태우고, 발로 차고, 물고 뜯고 했다. 마찬가지로 하루 종일 하는 것 없이 별것 다하며 보낸 남편은 야구를 보다가 앞머리는 반으로 갈라져 있고, 하루 종일 잠옷 그대로인 나와 눈이 마주쳤다. 그리고 아이들과 숨바꼭질을 하기 시작했다. 덕분에 잠시 쉴 수 있었고, 김사인의 시집을 읽었다.

저녁은 피자와 치킨. 시골 형편상 읍내 시장까지 가야 했다. 앞머리만 감고 립스틱을 바른 뒤 청바지에 티셔츠를 입으니 조금 사람 같다. 두 아이는 불고기 피자에 버섯이 들어 있다며 한 조각 겨우 먹었고, 치킨도 얼마 먹다 말았다. 하루 종일 먹었으니 맛있을 리 없다. 어느덧 뉘엿뉘엿 해가 지고 있었다. "얘들아, 씻자." 아이들은 씻기 전이면 갑자기 할 일이 많다. 책도 읽어야 하고, 만들기도 해야 한다. 하루 종일 하지 않던 일이 깜깜한 밤만 되면 모두 재미있다.

퇴근을 앞둔 회사원처럼 밤 아홉 시가 되면 기분이 좋다. 아이들이 "엄마 안아줘"라며 품에 안겼고,《하마는 엉뚱해》와《엄마를 위한 선물》을 실감나게 읽었다. 서로 불을 끄겠다고, 물을 먹겠다고, 오줌을 싸겠다고, 엄마 옆에 붙어 자겠다고, 손을 잡겠다고, 오늘 하루는 재밌었다고, 기도를 해달라고, 무섭다고, 그렇게 한참을 굴러다니다 잠에 들었다.

　나는 조용히 밖으로 나와 김사인의 시집을 다시 펼쳤다. 바쁜 것이 당당했던 지난 삶 옆에 지금을 놓아본다. 나는 지금 바쁜 것일까, 바쁘지 않은 것일까.

엄마의 봄날

1
실패해도 인생은 계속된다

오히려 청춘은, 청춘을 지나버린 사람들의 생에서 발견되는
어떤 지나온 흔적과 같은 것이다. 다시 말하면 청춘은, 젊은
이들의 의식 속에 존재하는 현재적 생의 조건이 아니라, 청
춘을 지난 사람들이 뒤늦게 발견하는 '기억'의 형식이라는
것이다.

― 유성호,《단정한 기억》

　스물셋 대학을 졸업할 때쯤,《시크릿》이라는 책이 서점가
를 휩쓸었다. 플라톤, 레오나르도 다 빈치, 아인슈타인 등 역
사상 위대했던 사람들의 비밀이 담긴 책이었다. 그 비밀은 간
단했다. 되리라 믿으면 그렇게 된다는 것. 살이 빠질 거라 믿
으면 살이 빠지고, 내가 시험을 잘 볼 것이라 생각하면 잘 볼

수 있다고 했다. 기독교 기복주의 신앙과 비슷했다. 나는 의심 없이 실천했지만 살도 빠지지 않았고, 취업도 안 되었다. 내 믿음이 부족하다 여겼다. 돌이켜보면 참 허무맹랑한 소리이지만, 많은 이가 현혹되었다.

스물여섯, 대학원 졸업을 앞두고 나는 새로운 소속을 찾지 못했다. 가족에게 면목이 없고, 사람들 눈총이 따가웠다. 그해 겨울《아프니까 청춘이다》를 읽으며 나에게 말했다. "그래, 나는 늦게 피는 꽃이야. 아직 아침 7시, 뭐가 그리 조급해." 그런데 나를 위로할수록 마음 한구석을 콕콕 찌르는 듯했다. '아파 봐라, 청춘인가' 묻고 싶었다. 취업과 결혼의 문턱에서 아무것도 이룰 수 없는 청춘에게 아프니까 청춘이라고 말하는 것은 너무 어른스런 충고였다. 청춘의 삶이 나는 죽을 만큼 무거웠다. 그 시절 나에게 차라리 "많이 아프지?"라고 했다면 조금 수월했을 것이다.

취업 준비생으로 3년을 보내고, 결혼을 했다. 밥하고, 빨래하고, 치우는 일상 속에서 끊임없이 '난 이제 뭘 하지?' 물었다. 아직 나의 길을 찾지 못했는데, 나이만 먹었다. 아이는 반짝였지만, 나를 영영 잃을까 두려웠다. 아무도 나를 그렇게 생각하지 않았다. 엄마가 말했다. "요즘 같은 시대에 결혼하고, 아이 낳고, 잘 살아줘서 기특해." 남편은 시골로 시집 온 나를 살뜰히 챙겼다. "잘하고 있어. 고마워"라는 말을 아끼지 않았다. 아이들은 "사랑해"라며 나를 작은 손으로 토닥였다. 충분한 삶이 나는 언제나 부족했다. 나를 실패자로 내몬 사람은 나였다.

> "평생을 망가질까 봐 두려워하면서 살았어요. 전 그랬던 것 같아요. 처음엔 감독님이 망해서 정말 좋았는데 망한 감독님이 아무렇지 않아 보여서 더 좋았어요. 망해도 괜찮은 거구나. 아무것도 아니었구나. 망가져도 행복할 수 있구나. 안심이 됐어요. 이 동네도 망가진 거 같고 사람들도 다 망가진 거 같은데 전혀 불행해 보이지 않아요. 절대로. 그래서 좋아요. 날 안심시켜 줘서."
>
> – 드라마〈나의 아저씨〉중, 유라의 대사

사회는 만 명 중 한 명의 성공 신화만 보여주었다. 믿으면 이루어진다고, 노력하면 된다고 했다. 나머지 실패담은 아무도 주목하지 않았다. 실패는 성공 이후에나 '실패는 성공의 어머니'라는 식으로 포장되었다. 하지만 삶은 대학, 자격증, 직장 등 한 번의 성취로 좋아지거나 나빠질 만큼 단순하지 않다. 의사가 되어도 힘들고, 되지 않아도 힘들다. 나는 몰랐다.

왜 내 삶만 이 모양이냐고, 왜 나만 뜻대로 되는 게 없냐고 소리쳤다.

요즘 도서관에서 '진로 독서' 수업을 한다. 열두 살 아이에게 '진로'는 뜬구름 같은 말이다. 나의 진로도 아직 진행 중이니. 첫 시간에 '나는 누구일까'라는 질문을 던졌다. 아이들은 학년과 이름으로 짧게 답했다. 나도 내가 누구인지 서른 넘어 알기 시작했으니 당연한 답이었다. 먼저 '들으면 기분 좋아지는 말'을 써보았다. 내 것을 예시로 보여주었다. 나는 남편에게 이런 말을 들으면 즐겁다. "설거지는 내가 할게", "택배 왔어" 같은 말들. 몇 가지 질문을 주고받으며 서로에 대해 알아갔다. 수업이 끝나고 한 아이가 물었다. "선생님 직업은 뭐예요?" 잠시 머뭇하다 답했다. "응, 강사야." 아이가 말했다. "좋아 보여서요."

초등학교와 도서관에서 글쓰기 관련 수업을 하는 강사, 한번도 생각지 못한 직업이다. 말이 좋아 프리랜서이지 방과후 강사는 사실 비정규직 수준도 안 된다. 학교 예산에 따라 내가 하는 수업이 언제 없어질지 모른다. 계약도 1년 단위여서 겨울에 공고가 나면 다시 이력서를 쓰고 면접을 봐야 한다. 도서관 사정도 비슷한데, 예산에 따라 수업 일정이 바뀐다. 그런데 이런 자유로운 생활이 의외로 괜찮다. 다른 업무도 없고, 정해진 교육 과정을 따르지 않아도 된다. 덕분에 그림책으로 수업을 한다. 아이들과 함께 그림책을 읽으면 종종 내가 보지 못한 것, 내가 하지 못한 생각에 닿는다.

오전과 오후 수업 사이에 두세 시간 정도 여유가 있다. 나는 그 시간에 보통 도시락을 먹고 책을 읽거나 글을 쓴다. 하루 중 가장 행복한 시간이다. 가끔은 소속감 있는 직장인이 부럽다. 같이 점심을 먹고, 회식을 하는 생활은 어떨지 궁금하다. 언젠가 직장인 친구가 말했다. "점심 메뉴 고르는 것부터 고민이야. 우리 팀장님은 돼지고기랑 밀가루 안 먹어. 먹을 게 없어." 내가 갖지 못한 인생은 언제나 부럽다. 작가로 사는 이들은 보통 생계용 직업을 가지고 있다. 밤에는 글을 쓰고 낮에는 접시를 닦기도 한다. 새벽에 글을 쓰고 낮에 아이들과 그림책을 읽는 일상, 작가인 나에게 이만큼 잘 맞는 옷도 없을 것이다. 실패해도 인생은 계속된다.

2
관성의 법칙

텔레비전이 수동적인 시청자 체험을 가져온다고 하는 판에
박은 듯한 발언은 얼토당토않은 것이다. 무작위적으로 선정
된 대학생 네 그룹에게 문자 이전의 언어 구조에 관하여 동
시에 동일한 강의를 받게 하였다. 네 그룹은 라디오 · 텔레비
전 · 직접 수업 · 인쇄물에 의하여 강의를 받았다. 실험자가
놀란 것은 직접적인 수업과 인쇄물에 의한 수업보다도 텔레
비전을 통한 정보와 라디오를 통한 정보가 좋은 성적을 나타
낸 것이었다. 더구나 텔레비전 그룹은 라디오 그룹보다 분명
히 우수하였다.

－마셜 매클루언, 《미디어의 이해》

관성은 자기 상태를 그대로 유지하려는 힘이다. 사람은 외

적 자극이 없으면 보통 하던 일을 계속한다. 텔레비전은 한 번 켜면 끌 수 없고, 쇼핑은 쇼핑을 부른다. 온라인 쇼핑의 시작 은 유아용품이었다. 무료 배송에 가격까지 저렴하니 기저귀, 물티슈는 물론이고, 옷, 장난감을 사러 마트에 갈 필요가 없었 다. 나는 자연스럽게 위메프 특가, 옥션 ALL KILL을 섭렵했다. 당장 기저귀가 떨어져 아이를 안고 쇼핑을 하던 것이 습관이 되었다. 10시 모닝 특가를 보지 않으면 중요한 일과를 빠뜨린 것 같았다. 그러다 필요 없는 것까지 사곤 했는데, 옷, 책, 장난 감, 만두, 치킨 너겟 등이 택배 탑을 쌓았다.

중학교 시절 나의 관성은 '텔레비전'이었다. 집에 돌아와 '하나만 보고 공부해야지' 마음으로 텔레비전을 켰지만, 끄지 못했다. '공부해야 하는데…'라는 부담감을 안고 텔레비전을 보면, 뉴스, 100분 토론도 재미있었다. 생방송 화제 집중을 시 작으로, 보고 또 보고, 순풍 산부인과, 김혜수 플러스 유까지 보면 자야 하는 시간이었다. 작가들이 어린 시절 이야기를 하 면서 알프스 소녀, 제인 에어 같은 책 이야기를 할 때면 나는 한없이 작아졌다. 나는 읽지 않는 아이였다.

나는 데미안 대신 김희선과 사춘기를 보냈다. 드라마 '미스 터 Q'와 '토마토'를 보며, 송윤아와 김지영에게 치를 떨었다.

명확한 선악 구도는 욕하기 좋았다. 누군가 조나단 리빙스턴을 보며 꿈꿀 때, 나는 '남희석·이휘재의 멋진 만남'을 보며, 나는 어떤 여성이 될지 그렸다. 고등학생이 되면서 주말 오락 프로그램으로 눈을 돌렸다. '스타 서바이벌 동거동락'으로 연애를 배웠고, 'god의 육아일기'를 보며 엄마인 나를 상상했다. 평범한 여대생 김꽃님이 나왔던 '애정만세'는 한 번도 빼놓지 않고 봤다. '나도 저런 여대생이 되어야지' 생각하며 공부를 했다. 지금 생각해보면 여러 스타가 모두 김꽃님을 좋아하는 설정 자체가 억지스럽지만, 이성진과 김동완의 주접은 어떤 개그 프로그램보다 재밌었다.

'남자 셋 여자 셋'과 '논스톱'은 내 대학 생활의 이정표였다. 대학만 보고 달리던 중고등학교 시절, 그 환상을 채우기에 충분했다. 나는 대학생은 누구나 연애하고, 언제나 놀며, 커닝을 하는 줄 알았다. 이후 비슷한 형식으로 '논스톱'이 나왔는데, 박경림과 조인성의 로맨스를 보며 내 가슴도 뛰었다. 대학만 가면 조인성 같은 남자가 있을 줄 알았다. 하지만 막상 마주한 현실에는 남녀 혼숙 하숙도 없고, 조인성 같은 사람은 더더욱 없었다. 대학교 1학년 때 교양 한자 기말고사 시간에 커닝페이퍼를 준비해 갔다가 꺼내지도 못하고 C를 맞았다.

대학 생활을 시작하고 텔레비전의 관성에서 벗어났다. 읽어야 하는 책도 많고, 과제도 만만치 않았다. 틈틈이 과외를 했고, 시간이 생기면 노느라 바빴다. 직접 대학 캠퍼스를 걷고, 연애를 하고, 맛집에 가고, 여행을 다녔다. 문학사 시간에 니체, 하이데거, 촘스키를 읽었다는 문인들의 이야기를 들으며, 텔레비전과 함께한 내 어린 시절을 지웠다.

취업 준비 중인 백수 딸은 거실에서 텔레비전을 볼 수 없었다. 암묵적인 약속이었다. 전업주부로 육아를 했던 4년은 아이에게 묶여 텔레비전을 못 봤다. 나는 그때 어떤 노래가 유행했는지, 어떤 드라마가 나왔는지 모른다.

어느 날, 빨래를 개다가 텔레비전을 틀었는데 박보검이 나왔다. '아, 세상에 저런 사람도 있었지.' 옆에 있는 남편과 사뭇 달랐다. 그 이후로 빨래를 갤 때면 텔레비전을 켰다. 떠나고 싶은 마음이었을까. '싱글 와이프'와 '꽃보다 청춘', '꽃보다 누나' 같은 여행 리얼 버라이어티를 즐겨 보았다. 아이가 밤에 몇 시간씩 자기 시작하자, 아이유 주연의 '나의 아저씨'와 백상 예술 대상을 받은 '눈이 부시게'도 보았다. 텔레비전은 아주 쉽게 다른 세계로 나를 데려다주었다.

텔레비전은 바보상자라는 말이 나를 부끄럽게 했다. 어린 시절, 내가《안네의 일기》와《나의 라임 오렌지 나무》를 다 읽었더라면, 조금 더 나은 사람이 되었을까. 누군가《그리스 인 조르바》나《고리오 영감》이야기를 당연한 듯 꺼낼 때면 나는 엷은 미소로 웃었다. 나에게 어떤 질문도 하지 않길 바라면서. 하지만 나는 이제《장미의 이름》,《죄와 벌》을 읽지 않았다고 말할 수 있다. 마셜 매클루언은 '청취자'로 듣는 라디오와 '관객'으로 보는 영화보다 '시청자'로 보고 듣는 '텔레비전'이 더 많은 감각을 사용하는, 참여도 높은 미디어라고 했다.

책을 좋아하기까지 꽤 오랜 시간이 걸렸다. 책의 관성에 빠지자, 틈만 나면 스마트폰을 들던 내 손이 책을 펼친다. 두 아이가 기대하고 택배를 풀었다가 "또 엄마 책이야?"라며 실망하곤 한다.

새벽녘 일어나 책을 읽다가 스마트폰을 들여다보고 있었다. 첫째가 일어나는 소리가 들렸고, 나는 얼른 스마트폰을 치우고 책 읽는 엄마의 모습으로 아이를 맞이했다. "엄마, 또 혼자 책 읽고 있었어?" 나는 몰래 웃었다. 나는 이제 텔레비전을 좋아했던 어린 시절의 나도 사랑한다. 누군가《카라마조프가

의 형제들》이야기를 꺼내면, 나는 대신 드라마 '목욕탕집 남
자들' 이야기를 해야겠다.

3
책 '익는' 중

책을 읽지 않는 방식에는 여러 가지가 있지만, 그중에서 가장 극단적인 방식은 어떤 책도 전혀 펼쳐보지 않는 것이다. 어떻게 그렇게 완전히 외면할 수 있는가 하겠지만 사실 이는 우리가 책과 맺는 주된 관계 양식이라 할 수 있다. 아무리 책을 많이 읽는 독자라 해도 이 세상에 존재하는 책의 극히 일부를 읽을 수 있을 뿐이라는 사실을 잊어서는 안 된다.

– 피에르 바야르, 《읽지 않은 책에 대해 말하는 법》

아버지는 독서가이다. 집에는 책이 많았다. 아버지는 언제나 새벽에 일어나 여러 책을 탐독했다. 아버지는 어렸을 때 책을 보기 위해 책이 많은 친구 집에 놀러 갔다고 한다. 아버지가 책 읽는 모습, 필사한 메모들, 스크랩한 신문은 다른 차원으로 멋스러웠다. 나는 지금도 도서관, 서점에 들어가 책 냄새를 맡으면 기분이 좋다. 아버지 덕분이다. 하지만 김영하가 말했듯, '읽을 책을 사는 게 아니라 산 책 중에 읽는' 것이다. 집에 있는 책 중 상당수가 참 깨끗하다.

초등학교에 입학할 무렵, 아버지는 웅진에서 나온 '자연대백과'와 '브리태니커 백과사전', 삼성출판사에서 나온 '세계 명작' 전집을 사줬다. 맞춤법이 '읍니다'에서 '습니다'로 바뀌던 시절, '읍니다'로 발행된 책을 처분하지 못해 좀 싸게 구입했다. 엄마는 맞춤법 혼란을 걱정했지만, 아버지의 교육 덕분에 헷갈리지 않았다. 하지만 책은 곧 짐이 되었다. 아버지는 저녁이면 숙제 검사를 하듯 "오늘은 뭐 읽었어?"라고 물었다. 세상에는 재미있는 것이 많았고, 좀처럼 책에 손이 가지 않았다. 공주가 나오는 몇 권만 닳았고, 나머지는 새 것이었다. 어린 나는 혼자 책을 읽을 힘이 없었다. 밤마다 강압적으로 읽은 내용을 검사 받으며, 도대체 《아라비안 나이트》 같은 책은 왜 있나 생각했다.

중고등학생 시절에는 어떤 책을 읽어야 할지 몰랐다. 책보다 책 읽는 내 모습에 대한 환상이 있었다. 내가 도서관과 서점에 서 있는 상상을 하면 기분이 좋았는데, 어떤 책을 손에 들고 있어야 할지 몰랐다.《나의 라임 오렌지 나무》의 재재는 유별났고,《어린 왕자》는 모호했다.《데미안》은 책장이 넘어가지 않았고,《갈매기의 꿈》은 너무 현실과 동떨어진 이야기 같았다. 가끔 책벌레 친구가 보는 소설을 따라 읽었는데, 내용이 너무 야해서 당황하기도 했다. 그중 가장 큰 좌절은《삼국지》였다. 아버지는 "삼국지를 세 번 이상 읽지 않은 사람과는 말을 섞지 말라"고 했다. 삼국지를 펼쳤지만 한 쪽에 등장하는 인물만 열 명이 넘었고, 지명도 헷갈렸다. 복잡한 사건과 어려운 고사성어까지 머리가 지끈했다. 설령 아버지와 말을 섞지 못하더라도, 책을 덮을 수밖에 없었다.

국문과에 입학해서 필연적으로 책을 읽었다. 누군가 경제학 원론, 사회학의 이해를 배울 때, 나는 시집과 소설책에 밑줄을 쳤다. 문학 교과서에서 보았던 김소월, 김동리가 아닌 최승호, 윤성희 같은 현대 작가가 신선했다.

나는 무언가를 처음 배울 때 책으로 시작한다. 결혼, 여행, 화장, 육아, 심지어 요가까지 책부터 읽었다. 육아서에서 길을 잃고 '나'를 찾아 나설 때, 책은 좋은 도구였다. 책을 다 읽으면, 마치 작가를 만난 듯 선명했다. 책은 자연스럽게 다음 책을 알려주었다. 세상에는 서울대 권장 도서, 세계 문학 말고도 읽을 책이 참 많다. 아이 때문에 읽기 시작한 그림책은 신세계였다. 아이들은 습관처럼 자기 전에 책을 한 권씩 들고 내 옆에 눕는다. 둘째는 "나는 책 읽기 싫어"라고 투정을 부리지만, 막상 이야기가 시작되면 집중하며 빨려든다.

어렸을 때, 아버지와 서점에 가서 《아기 참새 찌꾸》라는 책을 샀다. 아버지는 "아직 네가 읽기엔 글자가 너무 많아"라고 했지만, 엽서와 삽화가 예뻐 사달라고 졸랐다. 내용은 모두 까먹었지만 영훈이와 찌꾸가 이야기 나누는 장면이 또렷이 기억에 남았다. 그 후로도 신문 광고를 보고 책을 사달라고 하면 아버지는 별말 없이 사주었다. 아버지는 책에 대해서라면 언제나 관대했다.

요즘 두 아이가 싸우는 이유는 하나다. 둘째는 첫째와 놀고 싶고, 첫째는 혼자 책을 보고 싶단다. 첫째가 방문에 메모를 붙이고 들어갔다. '책 익는 중.' 가을이라 책도 익어간다는 건가. 혼자 웃었다. 곱씹어 생각해보니 참 흐뭇한 말이다. 내 책장에 읽고 싶은 책이 낙엽처럼 쌓인다. 읽은 책은 날마다 마음에서 익어가고 있다.

4

내 얘기 들어줘서 고마워

꼬마 모모는 그 누구도 따라갈 수 없는 재주를 갖고 있었다. 그것은 바로 다른 사람의 말을 들어주는 재주였다. 그게 무슨 특별한 재주람. 남의 말을 듣는 건 누구나 할 수 있지. 이렇게 생각하는 독자도 많으리라. 하지만 그 생각은 틀린 것이다. 진정으로 귀를 기울여 다른 사람의 말을 들어줄 줄 아는 사람은 아주 드물다.

– 미하엘 엔데, 《모모》

나는 컴퓨터 모니터를 '모모'라 부른다. 속상한 날이면 모모의 빈 문서를 연다. 가끔 어떻게 시작할지 몰라 망설여도 모모는 묵묵히 기다린다. 혼자 욕하고, 울고, 웃으며, 모든 말을 쏟아낸다. 나에게 필요한 것은 모모의 공감이다. 모모는 커서를 깜박이며 '그렇구나' 끄덕이고, '힘들었겠다' 토닥인다. 한바탕 털어내면, 마음이 후련해지고 저 멀리 답이 보인다. 모모가 말하는 듯하다. '너를 가장 잘 알고 있는 사람은 너야. 문제의 답은 보통 네 안에 있어.' 가끔 상대에게 내 문제를 설명하고 위로받는 과정에서 적잖은 오해가 생긴다. 잘 들어주는 '모모'가 있어 다행이다.

언젠가부터 지인들에게 "글을 쓰세요. 삶이 깊어져요"라고 말한다. "예수 믿으세요. 구원 받아요"라고 하는 전도와 비슷하다. 책을 읽고 글을 쓰면 내용이 더 깊게 와닿고, 나만의 생각이 정리된다. 치열하게 싸우며 나의 편협함을 깨닫기도 한다. 글을 쓰며 내 모성에 금이 가기 시작했다. 나도 '내가 태어나 가장 잘한 일은 이 두 아이를 낳은 일이지'라며 아이를 안아주는 엄마이다. 모성은 그런 것이다. 그런데 뒤돌아서 "그만", "안 돼" 같은 말로 아이를 다그치는 나를 어떻게 설명해야 할까. 엄마가 그래서는 안 된다고, 내가 나를 누구보다 혹독하게 대했다. 그런데 모성이 여성 모두의 것은 아니었다. 책을 보며 숨을 쉬었다. 엄마도 그럴 때가 있다. 웬디를 꿈꾸는 착한 엄마와 앤처럼 살고 싶은 소녀가 싸웠다. 글 안에서 모성을 끌어안고, 모성을 발로 차며 조금씩 넓어졌다.

나는 마음속에 있는 상처 깊은 아이를 기억해냈다. 아이의 상처는 아물지 않았고 내내 두려움에 떨고 있었다. 마침내 나는 내가 누구도 부술 수 없을 만큼 강하다고 착각하고 있었다는 사실을 깨달았다.

– 이아리,《서른이면 어른이 될 줄 알았다》

글을 쓰면 잊고 있던 오래된 일이 주르륵 딸려 나온다. '다 지난 일이야'라며 덮어두었던 아픔이 어제 일처럼 쓰라리다. 쓰지 않았다면 상처받은 어린 내가 아직도 울고 있을 것이다. 별것 아닌 일에 화를 내고, 그런 나를 또 미워했겠지. 가을 밤하늘, 머리 위에 빛나는 별 셋이 있다. 17년, 25년, 1500년 전에 각각 출발한 빛이 견우별, 직녀별, 데네브별로 빛난다. 별은 모두 저마다의 시간과 공간을 담고 있다. 밤하늘을 본다는 것은 서로 다른 과거를 보는 것이다. '나'라는 소우주에도 별이 있다. 20년 전 내가 여기 있다고, 아직도 아파서 타오르듯 울고 있다고 말한다. '예쁘네'라며 지나칠 때는 몰랐다. 저마다 다른 시공간의 기쁨과 아픔이 나를 바라보고 있었다.

나는 한동안 글을 쓰지 않았다. 결혼 후 1년은 쓰고 싶지 않았고, 그 후 5년은 쓸 시간이 없었다. 요즘 다시 글을 쓰니 '난 안 돼'라며 꾹꾹 눌러놓은 '작가'라는 두 글자가 꾸물댔다. 20

대 중반, 나에게 '작가'는 '성공'의 다른 말이었다. 삶에 비해 너무 많이 썼고, 글은 너무 헐거웠다. 네이버 거리뷰로 사전 답사를 대신하며, 도서관에 앉아 무슨 글을 쓸 수 있단 말인가. 앎은 얕았고, 삶은 부족했다. 남편은 내가 쓴 소설을 보고 조심스럽게 말했다. "다 좋은데 좀 무거워. 좀 더 재미있게 써봐." 성공에 사로잡힌 글은 무거웠다. 남편은 내가 결혼 후 글만 쓸 줄 알았는데, 살림하고 아이까지 키우니 대견하다고 했다. 이제 쓸 때가 되었다.

아이 둘이 잘 놀고 있어서 "엄마 글 쓸게"라며 방에 들어갔다. 둘째가 우유를 먹는다고, 화장실에 간다고 나를 불렀다. 아이를 도와주고 방으로 들어가는데 둘째가 물었다. "엄마, 글자 쓰러 가?" 내가 "아니, 글 쓰러 가"라며 웃으니, 모르겠다는 표정이다. 순간 생각했다. '나는 글자를 쓰는 게 아니라, 글을 쓰는 거지. 난 지금껏 글자를 썼나?' 멋진 문장을 쓰려고, 성공을 바라며, 나는 '가나다'와 다를 바 없는 글자를 쓴 셈이다.

이제 비로소 글을 쓰기 시작했다. 글 안에 질문과 다툼, 화해와 공감이 있다. 나는 글쓰기에 재능이 없다고 생각했다. 그런데 글은 엉덩이가 쓰는 것. 아이가 부르면 우유를 따르고,

똥을 닦고 다시 키보드를 두드린다. 아이들은 내게 글쓰기의 시차를 준다. 나의 '모모'는 별말 없이 여전히 기다리고 있다. 타닥타닥, 키보드 소리가 참 좋다.

5
나에게 이르는 여행

사람이 너무 많아 사람 없는 곳

《사막별 여행자》의 무사 앗사리드(이후 '무사')는 별이 쏟아지는 곳, 사하라 사막의 유목민이다. 무사는 우연히 《어린 왕자》를 선물받고 프랑스를 꿈꾼다. 수년의 노력 끝에 프랑스에 입국하지만 그곳은 또 다른 사막이었다. 도시라는 이름의 사막, 몸은 풍족하지만 마음에는 풀 하나 자랄 곳 없었다. 프랑스에 도착한 첫날, 그는 '자신의 고향 아이들이 다 같이 잘 수 있을 만큼 널찍한 더블 침대'에 누워 쉽게 잠들지 못한다. 더 이상 꿈을 꿀 수 없다.

모든 것이 달랐다. 사막의 아침은 시간이 아닌 빛으로 시작됐다. 알람 소리에 맞춰 깨어나는 고통은 상상할 수 없었다. 무사는 도시의 편리함이 점점 서글퍼진다. 그림자만으로 열리는 자동문, 사고파는 이들의 이야기가 사라진 대형마트, 풍경을 삼키고 달리는 테제베, 헬스장에서 먹은 만큼 뛰는 사람들, 텔레비전 앞에서 시간을 죽이는 아이들…. 무사는 말한다. "배고픔도 모르고 집에서 사는 사람들은 틀림없이 행복할 거라고 생각했다. 자라면서, 내 순진함에 웃음이 나왔다."(120쪽)

출근 시간 만원 지하철을 타면 의도치 않게 낯선 이와 몸이 닿는다. 부천에서 용산 가는 급행열차를 타면 꼼짝없이 누군가의 품에 안긴 듯 서 있어야 할 때도 있었다. 그곳에는 사람이 너무 많아, 사람이 사람처럼 느껴지지 않았다. 처진 눈썹과 내려간 입꼬리는 하루를 끝낸 퇴근길처럼 피로했다. 모두 아등바등 살지만 나아지는 것은 없었다. 실제로 도시에서 우리는 쉽게 다른 사람으로 대치될 수 있다. 하지만 무사는 사막에 있을 때 누구도 대신할 수 없는 존재 그 자체였다.

무사는 말한다. "우리가 정신적 만족감을 얻지 못하면, 물질적인 것으로 도피할 뿐이다." 나 또한 나 자신에 대한 확신이 없을 때, 불안감을 소비로 풀었다. 내가 입고 있는 옷, 가지고 다니는 가방, 가방을 채운 기계와 물건이 나를 말한다고 생각했다. 내가 속한 집단이 곧 나였다. 하지만 그 모든 것이 하나둘 사라지던 날 문득 깨달았다. 나의 삶은 나 자신에서 비롯되어야 한다는 것을. 무사의 말이 맞았다. "물질적인 재산이 없으면 존재는 깨어난다."(121쪽)

문명의 현실

문학 평론가 이권우는 책 읽기를 '각주'와 '이크'로 나눈다. 각주의 책 읽기는 나의 가치관, 생각과 비슷한 책을 읽으며 '이게 맞나?' 의문을 품었던 내 생각에 동의를 받는 것이다. 반면 책을 읽다 새로운 사실에 감탄하는 것은 '이크'의 책 읽기이다. 《사막별 여행자》를 읽으며 '이렇게 사는 게 맞는 걸까?' 뭉뚱그려진 내 생각에 각주를 달았다. 그러다 나도 모르게 '이크'하며 새로운 나를 발견하기도 했다. 나는 책을 읽다가 좋은 구절이 나오면 옮겨 적는다. 책을 몇 장 넘기지 않아 수첩 한 바닥을 빼곡히 채웠다. 밑줄 긋기로 마음을 바꿨다. 책은 온통 노란 줄로 물들었다.

많은 사람들이 어머니의 임자드 연주와 그녀의 얘기를 듣기 위해 찾아오곤 했다. 그러한 어머니에게서 나는 많은 것을 배

웠다. 인생에 필요한 거의 모든 것들을 어머니에게서 배웠다고 해도 과언이 아니다.(45쪽)

무사의 어머니는 사막 고유의 아름다움을 지녔다. 나의 아이들도 언젠가 인생에 필요한 것을 어머니에게서 배웠다고 말할까. 현대 사회에서 살아가는 한 내가 아이들에게 할 수 있는 것은 많지 않다. 아이를 낳는 과정부터 정해진 기준을 따라야 한다. '옛날에는 모두 집에서 아기를 낳았는데, 왜 꼭 병원에 가야 할까?'라는 생각을 하면서도 별다른 방법이 없으니 산부인과로 향했다. 링거와 태아 감시 장치, 관장과 면도, 회음부 절개는 반드시 치러야 하는 출산의 과정이었다.

산부인과에서 임신 초기부터 후기까지 거듭된 검사에 '꼭 해야 하나?'라는 의문이 고개를 들었다. 손가락, 발가락이 다섯 개인지 궁금하지 않았지만, 입체 초음파 검사는 필수라고 강조하는 간호사의 말을 무시할 수 없었다. 내장 기관을 살펴보는 정밀 초음파 검사는 안 한다고 하자 이상한 사람 취급을 당했다. 생명의 소유권이 나에게 있지 않은데 검사가 무슨 소용인가. 기형아 검사 후 다운증후군 판정을 받고서도 건강하게 태어난 아이들이 내 주위에 여럿 있었다. 무사처럼 문명이 불편했다.

여행은 자신에게 이르는 것

올해 초, 아이들과 처음 비행기를 탔다. 둘째가 아침부터 열이 나서 제주도에 도착해 병원부터 갔다. 열 감기였다. 첫날 계획을 모두 접고 숙소로 향했다. 다음 날 열은 내렸지만 두 아이는 눈만 마주치면 싸웠고, 먹고 싶은 것과 하고 싶은 것이 달랐다. 참다못해 소리쳤다. "이 여행에 쓴 돈이 얼마인 줄 알아?" 셋째 날은 비가 왔다. 실내 관광지를 찾아 '헬로 키티 아일랜드'를 갔는데, 둘째는 그곳을 '헬로 카봇 아일랜드'로 착각했다. 어딜 봐도 분홍 키티밖에 안 보이자, 카봇을 내놓으라며 엉엉 울었다. 마지막 날에는 여행을 위해 새로 산 아이들 겉옷을 잃어버렸다. 하지만 여행 후 내 프로필 사진은 바뀌었다. 나는 멀리 바다가 보이는 야자수 사이를 산책하며 흐뭇하게 웃고 있었다.

이곳에 없는 삶이 그곳에는 있을까. 일상이 곤란할수록 나는 더 떠나고 싶었다. 친구들은 필리핀 태교 여행, 돌 기념 사이판 여행을 갔다. 이국적인 풍경을 배경으로 긴 원피스를 늘어뜨리고 아이와 함께 찍은 사진이 SNS에 올라왔다. 싱글인 친구는 명절이면 중국, 일본, 베트남 등으로 떠났다. 낯선 것은 언제나 빛났다. 어떤 의미에서 여행은 '부'의 상징이다. 삶의 윤택함을 자랑하기에 이국적인 거리 앞에서 웃고 있는 사진만큼 편한 도구가 없다.

> 투아레그족 사람들이 삶을 통해 궁극적으로 배우고자 하는 것은 자기 자신으로 존재하기이다. 이는 진정한 자아와 만나고, 자기 안에 평화를 실현하는 것이다. 자기 안에 평화를 발견하는 것도 중요하지만, 타인들과 조화를 이루는 것 또한 우리가 배워야 할 중요한 사항이다. 타인과 조화를 이루는 삶을 살려면 먼저 자기 자신과 평화로워져야 한다.(34쪽)

나는 사실 여행을 그리 좋아하지 않는다. 똑같은 일상이 지겨워 여행을 떠나도, 나는 또 계획을 세웠다. 가야 할 곳과 잘 곳, 먹을 것을 정해놓고, 시간에 맞춰 몸을 움직였다. 하지만 계획은 종종 틀어졌다. 기차는 시간에 맞춰 도착하지 않았고, 예약해놓은 숙소는 찾기 힘들었다. 긴장의 연속이었다. 내가 사는 동네와 집이 그리웠다. 여행은 집으로 돌아와서 다시 시작되었다. 책상 위에 일기, 사진, 기념품, 영수증을 올려놓고 그날을 떠올렸다. 나에게 여행은 회상되는 과거일 때 가장 편하고 즐거웠다.

여행은 한국에서 유럽으로 떠나는 게 아니라, 자기로부터 떠나는 것이다. 이곳에서 '나'를 찾지 못하면, 어디에서도 찾을 수 없다. 반대로 자기 자신에게 이를 수 있다면, 여행은 어디서든 시작된다. 책은 좋은 도구이다. 굳이 장시간 비행을 하지 않아도, 잠시 '나'를 떠날 수 있다. 책은 '나' 자신으로 존재하는 법, '나'와 화해하는 법을 알려주었다.《사막별 여행자》를 덮으며 생각했다. 농사짓는 삶이 물질적으로 풍족하지는 않지만, 세 끼 굶지 않고 산다. 육아는 바쁜 농번기만 아니면 늘 남편과 함께하니, 내 삶 자체가 여행 아닐까.

무사 앗사리드, 《사막별 여행자》, 문학의 숲, 2007

6
누구나 사랑받고 싶다

슬픈 그 사연이 너무 내 애기 같아서

여름방학 특강을 맡아 오전에 출근하는 중이었다. 시골길은 한적했고, 에어컨 바람은 시원했다. 잠시 머리를 식힐까 라디오를 틀었다. 98.1MHz, 표준어와 사투리의 묘한 경계에 있는 DJ 목소리가 들렸다. 이한철이었다. 내가 한창 대학 캠퍼스를 누비며 들었던 노래, "괜찮아 잘될 거야 너에겐 눈부신 미래가 있어." 슈퍼스타가 떠올랐다. 그때부터 나는 출근할 때마다 '그대 창가에'를 들었고, 그 후에는 집에서 설거지, 청소, 빨래를 하며 옆에 있는 친구처럼 지냈다.

나는 어렸을 때부터 라디오에 익숙했다. 아침에 라디오를 들으며 눈을 떴다. 아버지는 팝송이 나오는 CBS를 즐겨 들었다. '아바'의 모든 노래가 내 것 같은 이유는 그 덕분이다. 학교 가는 차 안에서도 라디오를 들었다. 어색한 부녀의 틈을 메우기에 라디오는 참 좋은 도구였다. 가끔은 아버지가 보낸 사연이 나오기도 했다. "딸과 함께 듣고 싶어 신청합니다." 학교에 도착해서도 정문 앞에 차를 세워놓고 노래를 듣곤 했다.

> 한 사람이 제대로 살기 위해 반드시 있어야 할 스펙이 감정
> 이다. 감정은 존재의 핵심이다. 한 사람의 가치관이나 성향,
> 취향 등은 그 존재가 누구인지 알려주는 중요한 구성 요소
> 들이지만 그것들은 존재의 주변을 둘러싼 외곽 요소들에
> 불과하다.(57쪽)

우리는 왜 라디오를 들을까. 라디오는 공감한다. 누군가에 대한 서운한 마음을 사연으로 보내면 "그건 당신 잘못이에요"라는 따끔한 충고 대신 "속상하겠다"라고 위로가 돌아온다.《당신이 옳다》에서 저자는 누군가 고통과 상처, 갈등에 대해 말할 때 충고나 조언, 평가나 판단을 하지 말라고 한다.

머리를 새로 한 날이었다. 남편에게 "내 머리 어때?" 물었더

니 남편이 장난스럽게 답했다. "우선 화장부터 하고 나와." 순간 웃었지만 서운함이 뒤섞였다. 그 이야기를 사연으로 보냈더니, 라디오에서 "당신 예뻐요"라는 가사가 담긴 노래가 나왔다. 사소한 마음을 내보이기에 라디오만큼 좋은 창구가 없다. 라디오는 언제나 그 마음을 잘 받아준다.

라디오는 계절과 날씨에 따라 다르다. 우리의 마음 또한 계절, 날씨와 뗄 수 없는 관계이니, 라디오를 들으면 마음이 그날 필요한 음악을 먹는 느낌이다. '아, 지금 내 마음을 어떻게 알고 이런 노래가 나오지.' 같은 곳에 있음이 든든하다. 여름이면 Carpenters(카펜터스)의 'Top Of The World'를 들으며 청량함에 젖고, 가을이면 Don Mclean(돈 맥클린)의 'Vincent'를 들으며 외로움을 곱씹는다.

라디오는 사람마다 선호하는 채널이 있다. 내가 '이건 정말 못 듣겠어'하는 방송을 친한 친구는 너무 즐겁게 듣는다. 저마다 가진 언어의 온도가 다르기 때문 아닐까. 누구든 자신에게 맞는 언어가 있다. 비슷한 언어의 온도, 나는 이한철의 목소리를 들으며 가끔 눈물을 흘린다. 누군가에게 아쉬웠던 일, 미안했던 일이 꼭 내 것 같다. '아, 나만 이런 게 아니구나' 안도한다.

내 안에서 발견된 답

누구나 삶에 안전감이 필요하다. 애쓰지 않아도 조건 없이 사랑받고 있다는 확신. 나는 늘 사랑받지 못해 허덕였다. 어린 시절, 표현되지 않는 부모의 사랑은 내 것이 아니었다. 나는 엄마에게 이름이 있는 게 이상했다. '엄마는 그냥 엄마인데….' 엄마는 뚝딱 밥을 차리고, 척척 빨래를 하고, 쓱쓱 청소를 하는, 그런 사람이었다. 내가 엄마가 되고 알았다. 밥을 차리려면 시장부터 봐야 하고, 세탁기가 있어도 빨래를 넣고 개는 것은 사람의 몫이며, 어질러진 집은 저절로 깨끗해지지 않는다. 그 모든 것이 사랑임을 그때는 몰랐다. 딸아이가 "엄마는 엄마니까 그러면 안 되잖아"라며 울었을 때, "엄마도 처음이라 완벽하진 않아"라며 함께 울었다. 엄마도 한 사람이다. 인간이 인간에게 하는 사랑은, 내가 그렇듯 늘 빈곤하다.

어린 시절, 나는 잘 울고 수줍음 많은 성격 탓에 친구 한 명 사귀는 일이 쉽지 않았다. 좁은 교실에서 40명 넘는 아이들과 하루 종일 있으면 갑갑했다. 별것 아닌 일로 무리지어 싸우고, 좋은 성적을 받기 위해 경쟁하며 보낸 시간들. 그래도 눈이 오든, 비가 오든, 열이 나든 학교에 갔다. 12년 개근상을 받은 나는 참 미련했다. 상을 받고, 공부를 잘하고, 좋은 대학교에 들어가면 사랑받을 줄 알았다. 목표를 이루지 못하면 '난 사랑 받지 못할 거야' 벼랑 끝에 선 것처럼 외로웠다.

아이를 키우며 알았다. 사랑은 존재 자체에서 비롯된다. 어느 날 내가 첫째에게 물었다. "재인아, 엄마가 재인이를 사랑하는 게 재인이가 예쁘고 똑똑하고 말 잘 들어서일까? 아니면 그냥 재인이가 재인이라서일까?" 첫째가 두 눈을 굴리며 답했다. "내가 예쁘고 말 잘 들어서." 아이를 꼭 안았다. "아니야, 엄마는 재인이가 그냥 이렇게 옆에 있어서 좋아. 재인이가 아무것도 안 해도 사랑해." 사실 그 말은 나에게 하는 말이기도 했다. 실패해도, 아무런 성취가 없어도 나는 이제 나를 사랑한다. 내가 나를 그토록 몰아붙였던 이유는 사랑 때문이었다.

상처와 혼돈 속에 있는 사람에게 길 건너에서 전문적이고 일방적인 답을 전해주는 사람은 공감자가 아니다. 사람 마음은 외부에서 이식된 답으로는 절대 정돈되지 않는다. 답은 밖에서 오지 않고 언제나 내 안에서 발견돼야 내게 스미고 적용된다.(152쪽)

어느 날 남편에게 말했다. "세상 사는 게 쉬운 일이 아니잖

아. 이유 없이 병에 걸리고, 갑자기 사고를 당하고. 그런데 이렇게 별 탈 없이 살아가는 게 너무 감사해요." 남편이 슬며시 웃었다. "내가 늘 하던 말을 이제 하네." 내가 말을 이었다. "그 답을 내 안에서 찾은 게 중요하지. 당신이 나한테 지금 힘든 게 아니라고 아무리 말해도 그 말이 내 것 같지가 않았어요. 그런데 그 답을 저 밑바닥에서 내가 찾으니까 정말 그렇게 느껴져요." 나도 누군가 삶을 헤맬 때, 안타까운 마음에 충고와 조언을 들이밀 때가 많았다. 하지만 답은 저마다 마음속에 있다. 삶의 길을 잃은 누군가에게 해줄 수 있는 것은 그 답을 스스로 찾을 때까지 기다리는 것. 어두운 터널을 함께 걷고, 쏟아내는 말을 들어주는 일이다. 나도 내 삶이 바닥은 아니라는 사실을 알기까지 꽤 많이 돌아왔다.

한 사람

초등학교 방과후 수업 시간에 백희나의 그림책《알사탕》을 읽었다. 책에는 혼자 노는 아이 동동이가 나온다. 사건은 동동이가 문구점에서 사탕을 사면서 시작된다. 누군가의 마음을 알게 되는 '속마음 알사탕'. 책을 읽고 사탕을 먹으며 속마음 적기 활동을 했다. 수업이 다 끝나고 한 아이가 다가와 쭈뼛쭈뼛 입을 열었다. "저는 사실 엄마가 없는데 한 번 생각하고 써봤어요. 부족하지만 잘 봐주세요." 아이가 나가고 나서 종이를 펼쳤다. '누구의 속마음 사탕인가요?', '엄마', '나에게 어떤 말을 하나요?', '잘 지내주어서 고맙고 엄마도 잘 지내고 있고 버려서 미안해. 정말 미안해.' 뒤돌아 눈시울을 붉혔다.

수업 시간에 다른 아이가 물었다. "동동이 엄마 없어요?" 이야기에 엄마가 등장하지 않아 궁금했던 모양이다. 내가 답했다. "응, 그런 거 같아. 돌아가셨을 수도 있고, 멀리 떨어져 살 수도 있고…." 이 말을 들은 그 아이는 어떤 마음이었을까. 쿡쿡 마음 어딘가가 쑤셨을까. 비슷한 마음이 반가웠을까. 그 무렵, 수업이 조금 힘에 부쳤다. 아이들은 떠들고, 싸우고, 따지고 캐물었다. 그런데 나는 잊고 있었다. 떠들고 장난치는 아이들 사이에서 귀기울여 이야기를 듣는 눈망울, 무언가 쓰라고 하면 열심히 손을 움직이는 보석 같은 마음 말이다.

참혹함 속에서 세상과 사람에 대한 신뢰를 전부 잃은 사람도 그 '한 사람'을 만나면 그 '한 사람'을 통해서 세상과 사람 전체에 대한 신뢰를 회복한다. 한 사람의 힘이 그렇게 강력한 것은 한 사람이 한 우주라서 그럴 것이다.(110쪽)

누군가의 '한 사람'이 되는 상상을 한다. 많은 시간과 노력이 필요하다. 그는 삶에 지쳐 자기중심적일 것이다. 나의 동기를 의심받고, 솔직하게 다가가다 도리어 상처받을지도 모른다. 나의 모든 노력이 한순간에 무너져 공격당할 수도 있다. 생각만큼 쉬운 일이 아니다. 하지만 나 또한 '한 사람'을 통해 길을 찾았듯, 한 우주가 나의 손을 잡고 일어났으면 한다. 남편, 아이의 한 사람, 학생들의 한 사람, 독서 모임의 한 사람, 청년들의 한 사람, 그런 한 사람.

정혜신, 《당신이 옳다》, 해냄출판사, 2018

7
꽃을 꺾지 않다

악은 사랑만이 이긴다

여보게들. 나는 말이지, 내 생각을 말하고 있는 것이 아니라네. 만약에 악을 악으로 뿌리 뽑을 수 있었다면, 하느님께서 그와 같은 본을 보여주셨을 테지만 우리에게 가르치신 건 그게 아니야. 우리가 악을 악으로 다스리려 할수록, 그 악은 이쪽으로 옮겨오네.

— 톨스토이, 〈촛불〉

초등학교 방과후 수업 시간, 그림책을 읽고 있었다. 한 아이가 장난치고, 떠들고, 돌아다니는 것도 모자라 혼자 짜증을 냈다. "그만!"이라는 주의도 한두 번, 수업을 할 수가 없었다. 도

저히 안되겠다 싶어 뒤에 세워놓았더니 수업을 못할 정도로 큰 소리로 울었다. 순간 마음을 먹었다. '오늘은 저 버릇을 꼭 고쳐 놓으리라.' 아이에게 밖으로 나가라고 했더니 울음소리 만 커졌다. 손을 잡고 함께 나가려 했지만 요지부동, '오늘은 절대 안 넘어가'라는 마음으로 끝내 아이를 안고 밖으로 나갔 다. 그때 내 마음은 선이었을까 악이었을까. 아이를 도서실로 데리고 가 언성을 높여 지난 잘못까지 모두 꾸짖고 나서야 알 았다. 아이는 달라지지 않을 것임을.

교실로 돌아와 다시 수업을 하는데, 나를 바라보는 아이들 의 눈빛이 전과 달랐다. "선생님, 너무 무서웠어요. 원래 안 그 러잖아요." 순간 마음이 쿵 내려앉았다. '난 오늘 졌구나.' 달 라질 줄 알았던 아이는 그대로였고, 그것을 지켜보고 있던 아 이들만 달라졌다.

그날 이후 나는 아이들이 잘못된 행동을 할 때마다 그날을 떠올린다. 혼낸다고 달라지는 것은 없다. 지는 게 이기는 것이 다. 악은 악으로 대하면 더 큰 악으로 돌아온다.

사랑은 의지에 따른 행동이며, 의도와 행동이 결합된 결과다. 의지는 또한 선택을 내포한다. 우리는 꼭 사랑해야만 하는 것은 아니다. 우리는 사랑하기를 선택한다.

– 스캇 펙,《아직도 가야 할 길》

타인의 삶을 있는 그대로 받아주면서 애정 어린 충고를 하는 것, 그 사이에서 균형 잡기란 쉽지 않다. 어느 날 한 친구가 사람은 눈물이 쏙 빠지게 혼나야 정신을 차린다고 했다. 자신이 공감하고 지지할 때는 꿈쩍도 안 하던 사람이 다른 이에게서 따끔한 충고를 듣고 정신을 차렸다는 것이다. 그 이야기를 듣고 '충분히 공감 받았기에 그 마음이 움직인 것 아닐까' 생각했다. 얼마 전 교회 중고등부 교사 7년 차인 남편이 말했다. "이제 아이들이 자신의 이야기를 하기 시작했어. 이렇게 되기까지 얼마나 사먹였는지 알아?" 남편은 아이들을 이끌고 여름이면 팥빙수와 아이스크림, 무슨 날이면 치킨과 피자를 먹었다. 치킨 네 번에 잔소리 한 번, 이것이 남편의 공식이다. 사랑은 레일과 같다. 레일 없이 기차는 움직이지 않는다. 진한 사랑의 레일이 깔린 뒤에야, 기차에게 "이제 움직여"라고 말할 수 있다.

실수해도 괜찮아

거기서 대자는 다시 깨달았다. 거간꾼들의 화톳불도 불기운

이 강해졌을 때에야 비로소 생나무가 탔던 것이다. 그와 마찬
가지로 자기 마음이 뜨겁게 타올랐을 때 타인의 마음에도 불
을 줄 수 있었던 것이다.(《대자》, 344쪽)

나는 일이 계획대로 이루어지지 않으면 표정이 굳는다. 내
판단과 결정은 최선이기에 실수를 용납할 수 없다. 이것은
일상의 아주 작은 부분까지 적용된다. 내가 고른 식당의 음
식은 맛있어야 하고, 나의 소비는 늘 합리적이어야 하며, 내
가 택한 장소는 언제나 최상이어야 한다. 음식을 시켰는데
영 기대에 못 미치거나, 얼마 전에 구입한 물건의 가격이 내
리면 마음이 엉클어진다. 문제는 이런 잣대를 나와 가까운
이들에게도 들이댄다는 것이다. 그 피해는 고스란히 남편과
아이들의 몫이다.

가족 외식을 하는 날이었다. 무엇을 먹을지 실랑이를 벌이
다 결국 또 중국집으로 향했다. 그런데 첫째가 자장면 먹는 모
습이 영 시원치 않았다. 몇 번 먹더니 배부르다며 젓가락을 내
려놓았다. 순간 화가 나서 "네가 자장면 먹자고 해서 온 건데,
이렇게 안 먹을 거면 왜 왔어?" 톡 쏘아붙였다. 첫째는 결국 울
음을 터뜨렸고, 그날 이후 '자장면 금지령'이 선포됐다. 한참
뒤 다른 가족과 함께 자장면을 먹으러 가게 되었다. 그런데 첫

째가 "저 자장면 먹으면 안 돼요…"라며 쭈뼛쭈뼛 망설였다. 순간 '왜 그러지?' 생각을 하다 그날 일이 떠올랐다. 자장면 하나로 아이를 얼마나 혼냈던 것일까.

넘어진 아이에게 "너 그럴 줄 알았어. 뛰지 말라고 했지?", 놀아달라는 아이에게 "너 장난감이 저렇게 많은데, 왜 네가 사달라고 해놓고 안 갖고 놀아? 그럴 거면 앞으로 장난감 사지 마"라며 쓴소리를 한다. 나도 넘어지며 자랐고, 사놓은 물건을 쓰지 않으면서 말이다. 나에게 먼저 말했다. '실수할 수 있어. 모든 것이 완벽할 필요 없어. 네가 그렇게 스스로를 다그칠 뿐이지.' 잘 타오른 화톳불로 내 마음이 익었을 때, 그제야 곁에 있던 다른 이의 마음도 녹기 시작한다.

하느님께서는 얼마나 큰 행복을 인간에게 내려 주셨는지 모른다. 실상은 기쁨 속에 살아갈 수 있는데도 사람들은 공연히 자기 스스로를 괴롭히고 있다.(《대자》, 340쪽)

남편이 말했다. "우리 실수하더라도 너무 탓하지는 말자. 우리뿐 아니라, 아이들에게도 너무 잘잘못을 가리지는 말자." 때로 내비게이션 말을 듣지 않고 남편이 택한 길로 와서 시간이 더 걸리더라도, 아이들이 집을 어질러놓고 잃어버린 물건을 찾아내라고 떼를 쓰더라도, 넉넉한 마음으로 넘어가야지. 누구든 실수할 수 있으니까. 내가 따지지 않아도 잘못을 저지른 사람은 더 아프다. 사랑만이 옳다. 자꾸 잊어버리는 이 단순한 진리를 다시 한 번 마음에 새긴다.

레프 톨스토이, 《톨스토이 단편선》, 인디북, 2005

보는 아이에서 읽는 어른으로

내 생각이 멈추는 곳

우리 큰아이는 병치레도 잦고 공부도 잘하지 못했다. 아기
였을 때는 태열이 심해 온종일 엄마의 등을 떠날 줄 몰랐고
세 살부터 열 살 때까지는 병원을 제집 드나들듯 했다. 그러
나 이런 병치레로 인한 근심은 아이가 공부를 못해서 생긴
근심과 고통에 비할 바가 못 되었다.(18쪽)

《책으로 크는 아이들》의 저자 백화현은 전직 국어 교사로,
현재는 독서 교육 운동을 하고 있다. 그 시작은 가정 독서 모
임이었다. 공부 못하는 큰아이는 근심거리였다. 한국 사회에
서 공부를 못하면 쓸모없는 사람이 된다. 인성이 무너지고 관

계가 틀어져도 공부만 잘하면 모든 것이 용서된다. 나도 늘 공부에 주눅이 들어 있었다. 아무리 애써도 1등은 할 수 없었고, 잘하는 수학은 제쳐두고 못하는 영어에 목을 맸다. 그 시절 나는 공부보다 중요한 것이 많고, 사는 방법이 여러 가지라는 것을 몰랐다. 저자는 책의 힘을 믿었다. 자신감을 잃고 날마다 작아지던 저자의 큰아이가 독서 모임을 통해 스스로 길을 찾기 시작했다.

고등학교 졸업과 동시에 10명 중 9명이 대학에 진학했고, 나도 그 대열에 합류했다. 어디로 가는지 모르고 남들이 달리면 나도 달렸다. 수많은 실패 끝에 '작가'를 꿈꿨다. 도서관에 앉아 매일 책을 읽고 소설, 수필, 동화를 썼다. 각종 문학 공모전과 신춘문예에 글을 보냈다. 최종 후보작에는 올랐겠지 기대하며 심사평을 뒤졌지만, 내 이름은 어디에도 없었다. 그 후 나는 '작가'라는 이름이 너무 아팠다. 꿈이라는 저주. 다시 책을 펼치고 글을 쓰는 데 오랜 시간이 걸렸다.

얼마나 지났을까. 나는 다시 아이들이 잠들면 책을 읽고 글을 쓰기 시작했다. '필독서'라는 말에 펼쳤다가 도통 넘어가지 않아 덮은 책이 있다. 경험하지 못한 삶은 아무리 읽어도 내 것 같지 않았다. 남편과 사소한 말다툼을 한 날 밤《화성에서 온 남자, 금성에서 온 여자》를 단숨에 읽었다. 결혼 생활이 무르익자, 에리히 프롬의 《사랑의 기술》과 스캇 펙의 《아직도 가야 할 길》도 술술 읽혔다. 책을 읽다가 내 생각이 멈추는 곳, 내 마음이 흔들리는 곳에 줄을 쳤다. 밑줄을 정리하면 내가 쉽게 상처받는 부분, 내가 중요하게 여기는 가치가 보였다. 독후감이면서 한 편의 에세이인 나의 글이 완성되었다.

이런 독서 모임

책을 읽고 글을 쓸수록 내 생각이 더 확고해지고, 고집스러워지기도 한다. 시인 실비아 플라스의 말처럼, 진공의 병 속에 놓인 듯 자신의 악취 나는 공기만 호흡하면서 점점 더 깊은 자아도취에 빠지는 것이다. 독서 모임은 그런 나에게 타인의 숨을 불어넣어 주었다.

2019년 봄, 독서 모임을 시작했다. 평일 오전 모임의 특성상 나와 비슷한 또래의 엄마들이 모였다. 우리는 첫 만남에서 '육아란 무엇일까?', '내 인생에서 중요한 것?' 같은 질문에 답하며 눈물을 흘렸다. 처음 있는 일이었다. 그 후로도 우리는 다른 곳에서 쉽게 꺼내지 않는 이야기를 꺼내며, 어린 나와 만나고, 지금의 나를 돌아보았다. 나의 아픔으로 꽉 차 있던 내 삶에 상대의 아픔을 들여놓으면서, '나만 아픈 게 아니었구나' '나의 어린 시절만 그랬던 건 아니구나' 깨달았다.

나는 읽지 않는 아이였다. 텔레비전에 손이 먼저 갔다. 읽고 싶었지만, 시간은 부족했고, 책보다 더 재미있는 게 많았다. 분명 책은 '나'를 찾는 좋은 도구이다. 그러면 읽지 않는 사람은 어떻게 해야 할까. 나는 이런 독서 모임을 꿈꾼다. 읽지 않는 독서 모임. 반드시 읽지 말라는 것이 아니라, 읽지 않아도 되는 독서 모임이다. 물론 한 사람은 먼저 읽고 질문 거리를 준비해야 한다. 어떤 생이든 한 우주만큼 무겁다. 읽지 않은 책에 대해서도 할 말은 많다. 한글을 모르는 할머니의 삶에서 문학과 철학, 사회학을 본다. 길은 책 속이 아니라, 삶 속에 있다.

읽지 않는 도서관을 꿈꾼다. 도서관 하면 정숙, 책, 시험 같은 딱딱한 단어가 떠오른다. 카페를 가듯, PC방을 가듯, 영화관을 가듯 도서관에 가면 어떨까. 도서관 정보 활용 교육을 맡아 진행한 적이 있다. 아이들이 신기한 듯 물었다. "도서관에서 DVD 보려면 돈 내야 해요?", "컴퓨터도 할 수 있어요?", "휴게실에서 과자 먹어도 돼요?" 읽지 않아도 도서관에서 할 것은 많다. 교육 이후 도서관에 오는 아이가 늘었다. 학습 만화만 읽고, 컴퓨터로 유튜브를 보고, 휴게실에 모여 게임을 하지만 도서관에 온다는 것 자체가 참 반가운 일이다.

그렇게 어른이 된다

무턱대고 달리던 내 삶에 육아는 쉼표였다. 손실이라 여긴 시간 속에서 책을 통해 '나'를 찾았다. 사람들 모두 저마다 삶의 굴곡이 있고, 우리는 아픔을 품고 어른이 된다. '나'를 찾는 방법도 모두 다르다. 나에게는 그것이 책이었고, 누군가에게는 음악이나 영화, 그림 또는 마라톤일 수도 있다.

아이를 낳고 키운다는 것은 부모들에게도 인간이라는 존재에 대해, 아이가 태어나 한 인간으로 자란다는 것의 의미에 대해 크나큰 배움과 깨침을 얻게 되는 일이기도 하다. 아이들을 키우면서 우리가 무엇보다 먼저 배우게 되는 것은, 아니, 배워야 할 것은 아이들이 늘 한 가지 모습으로만 자라는 것이 아니라 여러 가지 다른 모습으로, 여러 다른 가능성을 암시하는 존재로 자란다는 사실이다.(11쪽)

글쓰기 수업 시간이었다. A가 뒤를 돌아보며 장난을 쳤다.

뒤에 앉아 있는 B는 자기가 쓴 글을 가렸다. 하지만 A는 계속 봤고, B는 뒤돌아보지 말라고 몇 번을 말하다가 끝내 물통을 던졌다. 예전의 나라면 B를 혼냈을 것이다. 순간 둘째 생각이 났다. 둘째는 자신이 유치원에서 만든 것을 허락 없이 보면 울었다. 내성적이고 수줍음이 많은 아이다. B 또한 자기 공간이 중요한 아이일 것이다. 나는 이제 판단하기 전에 머뭇거린다. 잠시 말 못할 속사정을 헤아려본다. '나도 그런 마음이 있어.' 누군가를 환하게 안아준다. 그렇게 어른이 된다.

백화현, 《책으로 크는 아이들》, 우리교육, 2010

지나간 날들, 지나가지 않은 날들

세상에는 사람들이 살고 있는 가장 더러운 진창과 사람들의 손이 닿지 않는 가장 정결한 나무들이 있다 세상에는 그것들이 모두 다 있다 그러나 그것들은 함께 있지 않아서 일부러 찾아가야 한다 그것들 사이에 찾아야 할 길이 있고 시간이 있다

— 이성복, 〈산〉

등산은 인생과 닮았다. 입구에 등산로 지도가 있지만, 직접 올라보지 않고는 그 산을 알 수 없다. 누구나 자신의 나이에 맞는 인생 과업과 계획이 있지만, 살면서 만날 시련이나 기쁨의 구체적인 모습은 모른다. 분명 지도에는 30분 걸린다는 코스가 누구에게는 50분이 되기도 하고, 때론 20분으로 줄어들기도 한다. 계곡에 잠시 발을 담그는 사람, 꽃에서 눈을 떼지 못하는 사람, 무작정 정상만 보며 올라가는 사람, 산을 오르는 모습은 모두 다르다.

등산의 시작은 어렵지 않다. 시멘트로 닦아놓은 길과 평탄한 흙길이 이어진다. 우리 인생의 초입이 그렇듯 완만하다. 하지만 곧 바위와 가파른 길이 나타난다. 대화가 사라지고, 가쁜 숨소리만 들린다. '이게 마지막이겠지' 생각한 봉우리가 올라가면 또 있고, 올라가면 또 있다. 우리 인생도 학교라는 봉우리, 취업이라는 봉우리, 결혼이라는 봉우리, 육아라는 봉우리, 수많은 봉우리가 끝도 없이 이어진다.

큰 바위는 멀리서 보면 장엄하지만 오를 때는 시련이다. 바위 때문에 미끄러지고 삐끗하기도 한다. 하지만 험한 바위 위에서 발을 떼지 못하고 있을 때, 누군가 손을 내밀기도 한다. 예상치 못한 선의는 더 고맙다. 시련은 끝이 아니다. 다시 용기 내어 한 걸음 내디디며, 산을 더 깊이 만난다. 한편 산에서 나무는 든든한 지원군이다. 나무의 뿌리를 계단처럼 딛고, 나무의 줄기는 험한 곳을 오를 때 붙잡는다. 나무가 있어 발을 내디딜 수 있다.

한 사람 지나가기 빠듯한 산길에 아카시아 우거져 드문드문 햇빛이 비쳤습니다 길은 완전히 막힌 듯했습니다 이러다간 길을 잃고 말 거라는 생각에, 멈칫멈칫 막힌 숲속으로 다가갔습니다

그렇게 몇 번이나 떨면서, 가슴 조이며 우리는 산길을 내려
왔습니다 언제나 끝났다고 생각한 곳에서 길은 다시 시작되
었지요

- 이성복, 〈산길 2〉

이정표가 오랫동안 나타나지 않기도 한다. '이 길이 맞나'
하는 두려움과 '다시 돌아가야 하나' 걱정이 섞인다. 살다보
면 돌아가기도 하고, 도저히 길이 아닌 것 같은 길을 걷기도
한다. 다행히 다시 이정표가 나타난다. 꽤 높은 곳에서 잘 닦
아놓은 계단, 119 긴급 구조 헬기장을 만나면 반갑다. 혼자 걷
고 있는 것 같지만 우리는 그렇게 누군가의 도움과 보호 속에
있다.

정상에 다다르면 세상이 한눈에 보인다. 호수, 저수지, 마을
이 하나의 모형처럼 오밀조밀 모여 있다. 차로 수십 분을 달려
도달하는 두 지점이 한눈에 들어온다. 신은 나를 어떻게 바라
보고 있을까. 내가 달리고 달려 아등바등 잡은 무언가가 실은
저렇게 작은 일 아닐까. 정상 진입은 우리네 인생의 절정으로
비유할 수 있다. 정상에 올랐다는 기쁨에 사진을 찍고, 야호
소리를 지른다. 그러나 아무리 정상이 좋다 해도 계속 그곳에

머무를 수 없다. 뒤에 올 사람을 위해 자리를 내주어야 하고, 나 자신을 위해서도 내려가야 한다. 해가 지면 그곳은 가장 춥고 외로운 곳이다. 그때부터 어떻게 잘 내려갈 수 있을까에 대한 고민이 시작된다.

산을 내려가는 것은 산을 오르는 것보다 수월하지만 위험하다. 지친 다리는 후들거리고, 경사에 가속도가 더해져 몸이 휘청거린다. 그래도 돌아갈 길을 알기에 조금은 여유가 있다. 이제 막 산행을 시작한 이들에게 "힘내세요", "정상은 여기서부터 한 시간 정도 걸려요"라며 말도 건넨다. 먼저 걸었기에 할 수 있는 말이다.

산에서 내려와 기억에 남는 풍경을 떠올린다. "어딘가 더 아름다운 풍경이 기다리고 있을 거야"라며 발걸음을 서둘렀던 곳. 계곡일 수도 있고, 폭포일 수도 있으며, 다리 혹은 꽃밭일 수도 있다. 나를 이끌어준 손길, 동행한 이와 나눈 깊은 대화, 사람들의 힘찬 뒷모습도 생각난다. 앞만 보며 달린 우리 인생이 좋은 줄 모르고 지나쳤던 지난 시절을 그리워하듯, 산에서 내려오면 무심코 지나쳤던 한 장면이 눈에 어린다.

'빨리 가려면 혼자 가고, 멀리 가려면 함께 가라'는 아프리카 코사족의 속담이 있다. 만약 혼자 갔다면 지금보다 더 빨리 갔을 것이다. 하지만 금방 지쳤겠지. 이제 남편, 아이와 함께 간다. 짐은 무겁고 발걸음은 더디다. 그때 아이가 손을 내밀고, 남편이 뒤에서 밀어준다. 굳이 더 이상 오르지 않아도 될 것 같다. 지금 서 있는 이 계곡이, 폭포가, 꽃밭이 아름다워 정상을 보지 못해도 괜찮다. 카프카가 말했다. "일상, 그것이 우리가 가진 유일한 인생이다."

다만 오늘 여기

어제 거기가 아니고 / 내일 저기도 아니고

다만 오늘 여기 / 그리고 당신

– 나태주, 〈행복〉

남편이 무슨 선물을 받고 싶은지 물으면, 망설임 없이 '시간'이라 답했다. 하루 종일 먹이고 씻기고 치우고, 두세 시간마다 일어나 밤중 수유를 하던 때가 있었다. 쉴 새 없이 무언가를 하는데, 아무것도 남지 않았다. 내 시간을 보상받고 싶어 고군분투할수록 더 지쳤다. 새벽에 일어나 책을 펼쳤다가 온종일 피곤함과 씨름한 적도 있다. 두 아이는 내 시간을 먹고 자랐다. 첫째 돌 사진 속의 나를 보면, 불과 몇 년 전인데 참 어리다. 내가 나이 든 만큼 아이는 자랐다.

　결혼은 할 수도 있고 하지 않을 수도 있는, 나와는 먼 이야기였다. 내 성공과 명예가 더 중요했다. 하지만 한 번도 생각지 못한 말이 아이의 입에서 나올 때면, '삶은 여기 있구나' 깨닫는다. 모처럼 미세 먼지가 없는 날 유치원을 다녀온 둘째에게 물었다. "은산아, 오늘 밖에 나가서 신나게 놀았어?" 둘째가 고개를 저었다. "음, 오늘 미세 먼지도 없었는데 왜 안 나갔어?" 둘째가 한참 생각하다 말했다. "구름이 너무 낡아서 못 나갔어." '네가 있어 낡은 구름을 보는구나' 생각했다. 늘 거기 있던 시간, 저기 있을 시간만 쫓으며 살았던 나에게 아이가 말한다. 여기를 보라고, 여기 행복이 있다고.

　어떤 계절을 가장 좋아하느냐는 질문에 봄과 가을을 두고 망설였다. 덥고 추운 여름과 겨울보다 봄과 가을이 더 좋았지만 그 차이를 몰랐다. 이제 보인다. 봄은 여름보다 겨울을 더 닮았다. 봄 공기는 건조하고, 추위는 시샘하듯 매서웠다. 시린 겨울 끝에 꽃을 피운 매화와 벚꽃은 피어 있는 내내 흔들렸다. 꽃잎이 금방이라도 떨어질 것 같았다. 내 인생의 봄도 그랬다. '나'라는 우주 안에 푸릇한 싹이 겨우 고개를 들었지만, 흔들리고 아팠다. 연둣빛 산이 더 짙은 초록으로 물들어 가던 늦은 봄, 나는 생소한 별을 만났다. 내 부모의 우주가 우리 은하에 있는 별이라면, 남편은 저 멀리 보이는 데네브별이었다. 1500광년 떨어진 데네브별과 내가 하나가 되었을 때, 두 개의 별이 우리를 찾아왔다. 여름의 시작이었다. 뜨겁고 목이 말랐다. 하지만 이제 안다. 이 더운 여름이 지나면 가을이 온다는 것을.

나는 지난 몇 달 '오늘 여기'를 살지 못했다. 책 한 권을 쓰는 것은 보통 일이 아니었다. 버려야 하는 글도 많았고, 그만큼 새로 써야 했다. 글은 무척 더디게 좋아졌다. 나는 틈만 나면 컴퓨터 앞에 앉았다. 둘째가 자신도 글을 쓰겠다고 내 무릎에 올라오자 첫째가 "은산아, 누나랑 비눗방울 놀이 하자"라며 밖으로 나갔다. 나간 지 얼마 되지 않아 둘째가 "엄마, 선물할 게 있어"라며 나를 불렀다. 귀찮은 마음에 "이따 볼게"라며 컴퓨터 자판을 두드리는데, 아이가 계속 문을 두드렸다. 어쩔 수 없이 밖으로 나갔다. 아이 손에 붉은 하트 모양 낙엽이 들려 있었다. "엄마를 사랑해서⋯." 순간 눈물이 핑 돌았다. '아, 가을이 왔구나.'

태어나 이런 사랑을 받아본 적이 있을까. 하지만 나는 늘 스스로를 몰아세웠다. 무언가 해야 한다고, 여기서 내 인생이 끝나서는 안 된다고. 마치 빠르게 질주하는 말을 탄 듯 세상은 어지러웠다. 두 아이 덕분에 말에서 내렸다. 무심코 지나친 잡초가 피운 꽃을 이제 본다. '오늘 여기'의 삶이 나쁘지 않다. 요즘 내 감정을 살피는 두 아이를 보면 '많이 컸구나' 생각이 든다. "지금이 좋을 때야"라는 어른들 말이 문득 내 것 같다. 이제 두 아이의 손을 잡고 남은 가을을 보러 가야겠다.

마지막으로 고마운 이들에게 마음을 전한다. 나의 온전치 못한 동기를 가장 선한 것으로 바꾸는 하나님, 아침마다 기도하는 아버지, 늘 믿고 따라주는 엄마, 부족한 며느리 아끼는 시아버지, 삶의 본보기가 되는 시어머니 감사합니다. 살면 살수록 멋있는 남편, 나의 가장 큰 우주 재인이와 은산이 사랑합니다.

(주)도서출판 밤나무는 경기도 최북단 작은 농촌마을에 있습니다.
보통 사람들의 삶 속에서 소중한 이야기를 길어 올립니다.
자연과 사람, 사람과 사람을 잇고자 합니다.

엄마의 책장

개 정 판 2026년 1월 15일

지 은 이 윤혜린

디 자 인 이정우
편   집 김태현
인   쇄 한결그래픽스

펴 낸 이 안효원
펴 낸 곳 (주)도서출판 밤나무
출 판 등 록 2022년 2월 8일 제2022-000002호(도서출판 밤나무)
주   소 경기도 포천시 관인면 창동로 1128-104
전   화 031-533-9717
이 메 일 yhr223@naver.com
인스타그램 @writer.yun_camellia

I S B N 979-11-990568-4-8 03810

ⓒ 윤혜린 2026

이 도서의 국립중앙도서관 출판시도서목록(CIP)은 서지정보유통지원시스템 홈
페이지(http://seoji.nl.go.kr)와 국가자료공동목록시스템(http://www.nl.go.
kr/kolisnet)에서 이용하실 수 있습니다.(CIP제어번호: CIP2019049792)